为了人与书的相遇

约翰·伯格作品

简洁如照片

and our faces, my heart,
brief as photos

[英] 约翰·伯格 著

祝羽捷 译

广西师范大学出版社

·桂林·

著作权合同登记图字：20-2021-139

图书在版编目(CIP)数据

简洁如照片 / (英) 约翰·伯格著；祝羽捷译.
—桂林：广西师范大学出版社, 2021.4
书名原文: and our faces，my heart，brief as photos
ISBN 978-7-5598-2032-7

Ⅰ. ①简… Ⅱ. ①约… ②祝… Ⅲ. ①文艺评论－研究
Ⅳ. ①I06

中国版本图书馆CIP数据核字(2021)第042943号

广西师范大学出版社出版发行
广西桂林市五里店路9号　邮政编码：541004
网址：www.bbtpress.com

出 版 人：黄轩庄
责任编辑：马步匀
特约编辑：贾宁宁
装帧设计：任　潇
内文制作：陈基胜
全国新华书店经销
发行热线：010-64284815
山东韵杰文化科技有限公司

开本：787mm×1092mm　1/32
印张：6　字数：96千字
2021年4月第1版　2021年4月第1次印刷
定价：48.00元

我们的面容，我的心，简洁如照片

在此书构思和创作期间，阿姆斯特丹的跨国公司研究所和华盛顿特区的政策研究所给予了支持与鼓励，在此向两家机构表示感谢。感谢伦敦《新社会》(*New Society*)和纽约《村声》(*The Village Voice*)刊登的文章，为此书的创作提供了灵感。最后感谢安东尼·巴内特的大力帮助。

第一部分关于时间

第二部分关于空间

目 录

01

曾经

Once

当我打开钱夹
出示证件
付钱
或查阅火车时刻之际
我看到了你的脸。

花粉
比山脉更古老
他山消逝
阿拉维斯山（Aravis）尚年轻。

当阿拉维斯山韶华逝去
只剩山丘
花的胚珠
仍可播种。

心之钱夹中的花朵
藏满力量
让我们的生命
比山还长。

我们的面容，我的心，简洁如照片。

从　前

Once upon a time

首先是一只野兔。那是在海拔两千米的山区边境线。你要去哪儿？法国海关官员问。意大利，我说。为什么不停下来呢？他问。我以为你示意让我通过呢，我回答说。然后那一刻这一切都被忘掉了，因为一只野兔正穿过马路，就在离我们不到十米远的地方。那是一只精瘦的野兔，耳尖处有一簇状若褐色烟雾的毛。尽管跑得很慢，它却是在夺命狂奔。有时候就是有这种事。

过了一会儿，六个男人追着野兔，野兔又穿回了马路。这些人看上去像是饭吃到一半就跃起而追的样子，跑得比野兔还慢。野兔朝着悬崖上的一块雪地跑去。海关人员大声叫嚷着，指导他们如何捉住野兔。这个时候我开车驶过了边境。

又遇到了一只小猫，一只纯白色的小猫。它待在有烟囱的厨房里，屋内有凹凸不平的地板和粗糙的白墙，还有一张破旧的木桌。靠着这面墙时，除了黑眼睛之外小猫几乎隐身不见了。它转过头时，就消失在墙里。它在地板和桌子上跳来跳去，仿佛是从墙里逃出来的生物，透出一种家庭守护神般亲切又神秘的气息。我一直认为，家庭守护神是一种动物，时而可见，时而不可见，但总归存在。我坐在桌旁，小猫跳到我的腿上。锋利的牙齿如同它的毛色一样雪白，还有粉红色的舌头。像所有的小猫一样，它不停地玩耍：在椅背上玩尾巴，在地板上玩碎屑。想休息的时候，它就会找一些柔软的东西躺下来。我着迷地观察了它整整一个星期，发现它总挑些白色的东西——毛巾、套衫、要洗的衣物，然后，闭上眼睛，合上嘴巴，蜷作一团，和白墙融为一体。

离皮斯托亚[1]不远处有一个小山村。村里的墓地是长方形的，四周围着高墙，墙上嵌着铁艺门。夜晚大多数墓碑的烛灯都会点亮。这些电烛灯每晚随路灯一起开启，整

1 皮斯托亚（Pistoia），意大利中北部城市。（译者注）

夜点亮，比村里的路灯还要多。穿过墓地，道路急转，在转弯处，一条土路通向一个农场。在土路上我看见一只灰色的鸭子。

我有好几次看到鸭子一家。它们经常把自己安顿在墓地对面灌木丛下的草坡上。黄昏时分，墓园的灯光中，我看到一只母鸭、一只公鸭和六只小鸭子在草地上摇摇摆摆地走着。

这次只看到了公鸭，它停在路中间，低头刨着土。大概过了一分钟，我才意识到它原来是骑在母鸭背上，之前完全没看到那只母鸭。有那么一两次母鸭展开翅膀，从公鸭脚下露出来，然后又在土里安分了。公鸭抽动得越来越快，达到高潮后，从母鸭身上掉落下来，母鸭这时才现出原形。公鸭从母鸭身侧跌落到马路上，侧身躺着，像是中了枪，宛如一个鸟状的灰色小囊，灌满了铅，在土里一动不动。母鸭环顾四周，站起身来，拍打着翅膀，伸了伸脖子，然后走开了。它确信小鸭子现在就会找到它。

一天晚上，我在波黑西北部城市普里耶多尔（Prijedor）附近的乡村散步，在草丛下面，发现了一只孤独的萤火虫，它闪着琥珀一样绿色的光。我把它捡起来放在手指上，它像戒指上的猫眼石一样闪闪发光。当我走近房屋时，周围的灯光太强，萤火虫的光就熄灭了。

我把它放在卧室五斗橱顶部的几片叶子上。灯光熄灭时，萤火虫又发出了微光。梳妆台后有一面镜子，面朝着窗户。我侧身躺着，看见了镜中的星星和五斗橱上的萤火虫。它们之间唯一的区别是，萤火虫的光看起来更绿一点，更冷，更遥远。

在故事里

Once in a story

我们都是故事的讲述者。仰面躺下，我们仰望夜空。这里是故事的开始之处，繁星在夜晚窃走了人类的确信，时而返还以信仰。那些最早发明星座并为之命名的人，就是故事的讲述者。勾勒繁星之间假想的线条，赋予它们以形象和身份。那些串联在线上的星星就像是编织在叙事中的事件。对星座的想象当然不会改变这些星星，也不会改变周围的黑寂，但却改变了人们解读夜空的方式。

时间的问题恰如天空中的黑暗。每件事都被记录进自己的时间里。事件群聚，时间重叠，但是它们共有的时间却不会因为事件串联而延长。

饥荒是一连串的悲剧事件，但对于北斗星来说无关紧要，仿佛存在于另一个时间之中。

兔子和乌龟的寿命是由它们的细胞决定的。一个生命能存在多久，其肉身自有尺度。除非使用一种独立于兔子和乌龟的抽象概念，否则无法将两者的时间加以比较。人类引入了这一抽象概念，并像组织了一场比赛般来看谁会第一个到达终点。

人类独一无二，因为人类由两类事件构成：生物有机体事件（在这点上，与乌龟和兔子无异）和意识事件。因此，对应着这两类事件，在人的身上共存着两个时间。在一个时间里，人孕育、成长、成熟、衰老和死亡。而另一个时间存在于他的意识里。

第一个时间了解它自己，这就是为什么动物没有哲学问题。对于第二个时间，人类在不同时期有不同的理解。对于任何文化来说，首要任务就是理解意识时间，即理解过去与未来之间的关系。

当代欧洲文化提供了一种解读——其他解读在过去两个世纪中日趋边缘化——它构建了一个适用于所有事件的统一、抽象、单线的时间法则。据此法则，所有的“时间”都可以比较和调整。这个法则认为，北斗星和饥荒属于同一种算法，这种算法超然于两者之外。此外，人类意识和其他事物一样，是存在于时间之中的事件。这种对意识时间进行的“解读”，将意识视为被动的存在，像地质层一样。如果说现代人沦为了实证主义的牺牲品，那么它的开端，就在于否定或废除由意识事件所创造的时间。

我们实际上总是在两个时间——身体时间和意识时间中穿梭，并由此产生了身体和精神的区别。精神第一，而且高于一切，它是身体时间的核心。

令人震惊的不可能是
往日的
残痕。
明天仍然盲目
缓慢前行。
视线和光线
相向而行，
交会之时
诞生了一天，
睁开双眼

高如初生之驹。

潺潺的河水
紧抱薄雾
不只须臾。
山峰正在天上
留下记号。
停下并聆听
挤奶机的声音
就像牛犊吮吸。
曙光初热
森林覆盖的山峦
计算自身的陡峭。
卡车司机正
意外地
由熟悉的
山口
驶向另一个家园。
草地很快就会比
牛角

更为温暖。

惊奇的是

迎面而来

是生与死的护卫队。

马克思曾写道："一个幽灵，共产主义的幽灵，在欧洲游荡。为了对这个幽灵进行神圣的围剿，旧欧洲的一切势力，教皇和沙皇、梅特涅和基佐、法国的激进派和德国的警察，都联合起来了。"他一语双关。第一层意思是说富人害怕革命，直到今天仍然害怕革命。第二层意思，是提醒我们每个现代社会都意识到了自己的转瞬即逝。

自法国大革命以来，历史转换了角色。它曾经是过去的守护者，现在却成了未来的助产士。它不再谈论一成不变的事物，而是谈论席卷一切的变化法则。在任何地方，历史都被视为进步的，有时是社会政治的进步，有时是持续的技术进步。历史理所当然地为那些绝望者和被剥削者，提供为正义而斗争的希望。（在第三世界，随着20世纪接近尾声，这种希望日益与宗教信仰结合起来。）在相对富裕的世界里，历史上那独特又贪得无厌的索取已成过往。

人们因此生活在一个新的时间维度里。过去相对恒久的社会生活如今必定变动不居。鉴于世界的现实情况，这给予了一丝希望。但这同时也意味着，在人类生命中的两个时间谜团面前，人们比过去更加孤独。社会价值不再承载意识时间，更确切地说，没有任何公认的社会价值能够做到这一点。在某些情况下——我想到切·格瓦拉——革命意识全新演绎了社会价值这个角色。

当我闭上眼时，一张张面孔常常在我面前浮现。每张脸庞清晰可见，如同版画一样棱角分明。

我把这件事讲给一个朋友。他说，这肯定与我生命中的经历有关——第一次遇到这种情况时我才三十多岁——我曾专注地看过成千上万幅画作。这似乎很说得通。但它回避了真正的问题，因为直到现在，绘画的主要功能还是描绘那些很快会消失的事物，让它们持久呈现。

这些面孔我都不熟悉。通常他们几乎是静止的，但不是静态的，他们是鲜活的。他们就像人思考时的面孔。他们显然没有意识到我在看他们。但我能够让他们看着我。“让他们”或许言重了，因为我并不需要费什么劲儿。我只需把注意力集中在某个人身上，而不是看着一群人，然后他（她）就像日常生活中经常做的那样，抬起头来回望我的注视。他们通常离我三四米远，但当一个人回望我的目光时，他（她）的表情如此生动，相隔好似仅有几厘米而已。

尽管面容和年龄有所不同，但表情总是相似的。生动之处非关情绪，非关快乐或痛苦，而是那张脸直视着我，沉默不语，仅凭眼神就证实了它存在的现实。仿佛我的目光呼唤出一个名字，而那面孔回应了我的目光，回答道："在！"

我一直都知道，如果睁开眼睛，这些面孔就会立刻消失得无影无踪。我不太清楚当我闭上眼睛时会发生什么。我们之间的屏障，是我穿越而过，还是他们穿越而过？他们属于过去，绝不是因为他们的衣着或面容的"风格"。我从他们看我的眼神中知道，他们属于过去，因为他们已死。他们带着似乎认出我的眼神看我。

在半梦半醒之际，可以去两个地方：在梦中逃离，或是睁开眼睛，感知身体、房间和窗外雪地里聒噪的乌鸦。这种状态与清醒状态的区别在于，语言和意义之间没有距离。这是我们最初被命名的地方。从那里我看到了出世前的自己——出世前九个多月的样子。或许现在，子宫里即将到来的生命比死亡更遥远。

“孕育”召唤着生命的出现和形成。但先前存在的东西，虽然没有成型，却既不模糊也不中性（之所以用“中性”而不用“中立的”，因为此时的存在已具有性征，一种无差别的性征）。我没有定所，且如此天真。我并不特别，且如此无懈可击。即便如此我也很开心。这唯一幸福的形象——唯一越过完全清醒的世界的边界走私来的形象，不是我自己的形象，因为边界那边并不存在，而是类似我形象的东西：一块平坦的岩石，水在上面流淌不息。

我们都是故事的讲述者。仰面躺下，我们仰望夜空。

托尼·古德温（Tony Goodwin）如今在哪儿？他的死亡，意味着他再也不会出现在任何地方：他已不复存在。这是物理事实。两周前，他们在果园里烧树叶。我在灰烬中穿行，去往村庄。骨灰即是灰烬。从历史角度来讲，托尼的生命已属过去。他的肉体燃烧化为碳，重新进入世界的物理进程。碳是所有生命形式的前提，是有机物的来源。我说这些不是为了编造一种似是而非的不朽炼金术，而是为了提醒自己，我对时间的看法正被死神无情地盘问。用死亡来简化我们自己毫无意义。托尼不再像他的同代人那样，活在时间的联结中。他就像钻石和变形虫一样，处在那个联结的圆周上（不是圆圈的圆周，而是球体的圆周）。他和所有的死者一样，处在这种联结中。他们仿佛生活在一个全然没有活人的世界里。死者是生者的想象。与生者不同，对死者来说，球体的周长既不是边界也不是屏障。

逝者的脉搏
　　永无止境而恒常不变
如那寂静
将画眉鸟纳入袋中。

逝者的眼睛
　　刻在我们掌上
如我们行走的土地
将画眉鸟纳入袋中。

我眼前桌子上的照片已成罪证。即使这里离土耳其千里之遥，也最好不要把它印出来。照片中，六名男子在安卡拉郊外一间木屋里排成一行。这张照片拍摄于两年前一次政治委员会会议之后，其中有五位工人，最大的有五十多岁，最小的有二十八九岁。

每个人都那么真切，就如同母亲眼中的孩子一样。一位秃头，一位卷发，两位精瘦，一位肩膀宽阔且浑身肌肉。他们都穿着单薄廉价的裤子和夹克。这五个人的着装与资产阶级的差距，就像他们在首都居住的棚户区之于老板和商人居住的、带法国家具的别墅。

如果他们在公共浴室脱掉衣服，警察和军官应该很容易辨认出他们是工人。即使这五个人半眯着眼来掩饰他们的表情，装出一副十足的冷淡模样，仍然难以掩饰自己的社会地位。即使他们在神灵的魔法帮助下，用高超的技艺装出一副投机商情妇的典型神态——甜腻的取悦、不屑，以及贪婪的神情——他们昂首挺胸的姿态仍然会暴露他们的身份。

就好像他们在受孕的那一刻，法庭就已宣判他们将在十五岁时被斩首。时辰一到，他们昂首挺胸像其他工人一样抵抗。颈背和肩胛骨之间，抵抗的张力清晰可见。世界上大多数工人身上都背负着同样的烙印：象征着他们充满劳动力量的身体如何猛地与头颅分离，头脑中的思想和想象仍在继续，现在却不再拥有自己的时间和精力。

对于木屋里这五个人来说，抵抗不仅仅是一种本能反应，不仅仅是对抗不公时肌肉本能的拒绝——这抵抗来势迅疾，无可救药。他们的抵抗愈来愈烈，融入了他们的思想、希望和对这世界的认识。他们犀利的眼神彰显的不仅是身体的反抗，也是激进的抗争。

1980年9月政变[1]后，五人所属的左翼工会联盟DISK（土耳其进步工会联合会），和所有其他政党一起，被宣布为非法。

至少五万人被捕。已有几百人（尤其是激进的工会成员）被判死刑。追捕层层铺开，官方使用酷刑来挖出更多的嫌疑人和联络网。这张照片也因此成为罪证。

数千人无声无息地失踪了。迄今为止，至少有八十人死于酷刑。很可能这五人中就有一人正在受刑。在他母亲眼里那么真切的身体，却要遭受难以想象的痛苦。

这张照片诉说了多少关于政治的事情！政治从一开始就无法遏制。这五个人，拥有爱情、孩子、歌曲和对安纳托利亚的记忆，却成为无名的上当受骗者。他们遭遇领导不善，组织草率，沦为那些任性放纵又颇具魅力的领袖的牺牲品。但他们对此并不奇怪，因为他们也不奢望在这熟悉的世界里有更好的结局。

他们明白，安纳托利亚的冬天总会下雪，夏天也总会有动物因干旱而死，工人运动总会遇到镇压。乌托邦只存在于地毯上。他们也知道，生活中所遭受的一切难以忍受，

1　指1980年9月的土耳其军事政变。（编辑注）

但命名不可忍受之事本身就是希望。

遇到不可忍受之事，行动势在必行。这些行动受制于人生的苦难。但纯粹的希望一开始就存在于命名不可忍受之事的能力中，这种能力来自遥远的过去和未来。这就是为什么政治和勇气必不可少。施虐者的时代令人痛苦，但只存在于当下。

如果我把照片上木屋里五个人的头部遮住，这照片就不再是罪证了。人们只看到他们的手、单薄的衣衫和敞开的衣领。但即使没有头，他们的身体也遭受了施虐者的囚禁。艾哈迈德（Ahmed）、萨利布（Salib）、穆罕默德（Mehmet）、德尼兹（Deniz）、克里梅（Kerime）……一切终将结束。

冬日阳光下，白色石头的天使雕像，她的翼尖与村庄后高高的鹰色悬崖融合在一起。天使握着一位士兵的手腕，这位士兵的腿断了，快要死去。天使没有救他，但似乎在某种程度上减缓了士兵的跌倒。但是握住士兵手腕的那只手轻若无物，甚至不及护士触碰脉搏的力道。如果他的倒下看似缓和了，那也只是因为同一块石头雕刻了两人。

底座上刻着 1914 年至 1918 年间在战争中阵亡的

四十五位士兵的名字。二战后，在基座的另一侧又增加了二十一个名字，其中的七人被驱逐出境，死于德国的集中营，其余的在战争纪念碑附近被机枪扫射而死。他们都是游击队成员，一些人临死前，曾在法国当地盖世太保总部阿讷马斯（Annemasse）的帕克斯饭店遭受酷刑。那位拥有纤纤温柔手的守护天使，在帕克斯饭店，在奥地利毛特豪森集中营、达豪集中营和奥斯维辛集中营出现过吗？

这些人或许都曾想象，等到国家解放后的某个清晨，一身伤痕亦可无忧无虑地再次漫步于乡野。如果说天使雕像代表了什么，那她代表了那个清晨。

1981 年 7 月 16 日上午 11 点，我没有看到未来的城市或新的技术，我也没有见到这些城市沦陷。我之所见与预言无关。

我只看到了如此熟悉的乡村道路，倘若有根手杖，蒙着眼都可以闲庭信步。几年前有位盲人去世了。他出生时就双目失明，但可以从四公里外居住的村子步行到这里。他养的蜜蜂产蜜最多。他在砧板上砍木头时，从来都没砍伤过自己的手。

上午 11 点，天气晴朗，天空湛蓝。北风徐徐，群山上几朵白云飘动。

那一刻的村庄街道，就像是未来回眸所见。我所看到的已然成为遥远的过去。这种时空移转如此平静，近乎静止。

三色旗飘扬，圣母像前的男男女女，如今成了他们后代心目中的景象。这些善男信女接受那份神秘和安稳，接受生活的不圆满。他们等待着后代用知识和行动来成就圆满。但他们又是圆满的，因为他们已经成全自我——为此已用尽全力。

我看到了未来，就像那个盲人看到了通往村庄的路。

有时，我想写一本书

·本关于时间

如何不存在的书，

过去和未来

如何成为一个绵延的现在。

我认为所有人——那些活着的，

那些曾经活着的

和继续活下去的人——现在都活着。

我想细细讲述时间的话题，

如同一个士兵拆解他的来复枪。

——叶夫根尼·维诺库罗夫（Yevgeny Vinokurov）[1]

1 引自 Daniel Weissbort，ed.，*Post-War Russian Poetry*（New York：Penguin Books，1974），p.103。由 Daniel Weissbort 译为英文。（作者注）

在诗里

Once in a poem

诗歌，即使是叙事诗，也不同于故事。所有的故事都是关于这样或那样的战争的，最终以胜利或者失败告终，尘埃落定，一切就都走到了终点。

诗歌，不论其结局如何，穿越战场，抚慰伤者，聆听胜利者或恐惧者的狂野独白，都能带来某种平和。它不是通过麻醉或简单的安慰，而是通过承诺——所经历的一切不会消失，不会像从未发生过一样。然而，这并不是纪念碑式的承诺（人还在战场，谁想要纪念碑？）。这种承诺是语言给予这些经历的认可和庇护，这些经历亟待宣泄。

相比故事，诗歌更接近祈祷。但在诗歌中，语言并没有为谁而祈祷，而是语言自己去倾听和接受。对于宗教诗人来说，词语是上帝的第一属性。而在所有的诗歌中，词语在成为交流手段之前就已经存在。

诗歌使用着和跨国公司年报一样的词语，语法也大体类似（竞相逐利的公司算得上是现代世界最可怕的战场）。那么，诗歌如何转换语言，不再简单地传达信息，而是聆听、承诺，履行上帝的角色？

诗歌可以使用和公司年报相同的词汇，就像灯塔和牢房可以用同一个采石场的石头建造，再用同样的灰浆浇筑一样。一切都取决于词与词的连接。各种可能的连接最后获得的效果，都取决于作者对语言的理解，不再将其视为词汇、语法甚至是结构，而是一种观念、一种存在。

诗人让语言超越了时间的界限。或者更准确地说，诗人把语言当作一个地点，一个集会地点，那里时间没有终点，又包含并承载了时间本身。

如果说有的诗歌不朽，那么这种说法比文化史上某位天才诗人的不朽意义更为深远。不朽在这里应该和死后的名声区别开来。诗歌之所以不朽，是因为它屈从于语言，相信语言能包容过去、现在和未来的所有经验。

诗歌给人承诺的说法会让人误解，因为承诺是投射到未来的，而诗歌恰恰主张未来、现在和过去共存。一个现在、过去和未来都能适用的承诺更应称之为确信。

在阿姆斯特丹

Once in Amsterdam

奇怪的是，史学家在推断某些画作的年代时，有时特别关注“风格”、存货、账单、拍卖单，而很少关注作品中模特的年龄等相关证据，就好像在这点上不信任画家一样。就比如，他们试图按时间顺序排列伦勃朗描绘亨德里克耶·施托费尔斯[1]的画作。没有哪位画家比伦勃朗更善于研究人的衰老过程，也没有哪位画家比他更真切地记录过爱妻的一生。不论纪录片如何推测，这些画作都清楚地表明，亨德里克耶和画家之间的爱情维系了大约二十年，直到她去世。六年后画家去世。

1 亨德里克耶·施托费尔斯（Hendrickje Stoffels）是伦勃朗的爱人，两人育有女儿科妮莉亚（Cornelia）。（编辑注）

她比他小十或十二岁[1]。根据这些画作推测，她死时至少四十五岁。而当他第一次画她时，她肯定还不到二十七岁。他们的女儿科妮莉亚于1654年受洗，这说明亨德里克耶在三十五岁左右生下了他们的孩子。

在我看来，《床上的女子》（*Woman in Bed*）是在科妮莉亚出生前后画的。历史学家认为，这幅画可能是大型作品的一个局部，这件大型作品描绘的是萨拉和托拜厄斯的新婚之夜。伦勃朗用当代的手法表现了《圣经》主题。如果这是一幅画的局部，可以肯定伦勃朗完成了这幅画，并最终把这幅最私密的绘画——关于他所挚爱的女人——遗赠给了观众。

还有其他关于亨德里克耶的画作。在卢浮宫里的《沐浴中的拔示巴》（*Bathsheba at Her Bath*）面前，在英国国家美术馆里的《亨德里克耶在河中沐浴》（*A Woman Bathing in a Stream*）面前，我沉默不语。我不是惊诧于天才之作，而是有感于画作的取材和表达的意境——探求已知世界的热切，探求未来世界的温柔，眼眸中无穷的新发现，就好像在熟悉的身体上重新萌发爱意——一切都超

1 伦勃朗生于1606年，卒于1669年。据此推测，亨德里克耶生于1616年或1618年，卒于1663年。（编辑注）

伦勃朗《床上的女子》，藏于苏格兰国家美术馆

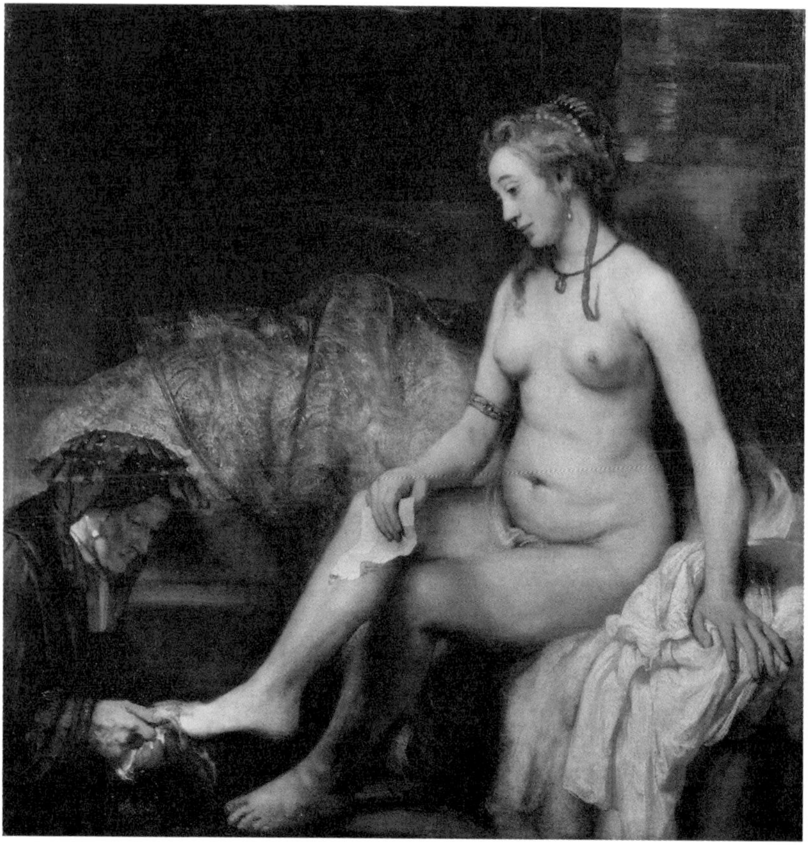

伦勃朗《沐浴中的拔示巴》，1654 年，藏于巴黎卢浮宫

伦勃朗《亨德里克耶在河中沐浴》，1654 年，藏于英国国家美术馆

越了语言。没有绘画作品能如此灵巧有力地引导人们进入沉默。然而，在两幅作品里，亨德里克耶都专注于自己的动作。她在画家的眼中是最亲密的人，但这里没有他们相互的亲密。这些画是在说他的爱，而不是她的爱。

《床上的女子》这幅画中，女子和画家之间有种心照不宣——白日的沉默和夜晚的放纵。亨德里克耶掀起的床帘，象征着日夜的界线。

两年后的一个白天，伦勃朗面临破产。十年前的一个白天，亨德里克耶来到伦勃朗的家中，给他襁褓中的儿子当保姆。根据 17 世纪荷兰的问责制和加尔文主义，女仆和画家地位迥异，彼此须保持沉默。

夜晚，他们离开了自己的世纪。

一条项链松垂在她的乳间，
在它们中间徘徊着——
　　一种意犹未尽
而非时断时续？——
那永恒的香水味。
古老如睡眠的香水，
生者和逝者同样熟稔。

她从枕头上探出身子，用手背掀起帘子。她的手和脸表现出了欢迎，已经准备去轻抚他的头了。

她尚未入睡。他轻轻靠近，她目光紧随，两人的相聚写在她脸上。两人的意象已无法分开：他看到她躺在床上，她看到他靠近床边。此时正是夜晚时分。

在画中

Once in a painting

绘画是静态的。经年累月重复看一幅画，这种经验的独特性在于：历经岁月变迁，形象始终不变。诚然，形象的意义可能会因历史或个人事件而改变，但它所描绘的画面却始终不变：同样的罐子里倒出同样的牛奶，海上连绵不断的波浪，微笑和面容依旧。

有人可能会说，绘画留存了某一时刻。然而稍加思索便知这显然不对。与摄影不同，绘画描绘的那一时刻从未存在过，因此不能这样说。

在文艺复兴早期的艺术里，在非欧洲文化的绘画里，在某些现代作品里，形象暗示着时间的流逝。观众看到画作时，看到了过去、现在和未来。中国的圣人从一棵树下漫步到另一棵树下，马车从孩子身上碾过，赤裸的人走下楼梯。然而，与画面之外的动态世界相反，接下来的形象仍是静态的。这就产生一个问题：动静之间奇怪的对比有何意义。之所以奇怪，是因为这种动静对比显而易见，以至于看起来理所当然。

一幅画作何时完成，不在于它与存在事物的最终契合——就像一双鞋子的两只——而在于画家感知或预见了画作被观看的理想时刻。漫长或短暂的绘画过程，就是在构建这样一个时刻。当然这个“时刻”无法完全预见，也无法完全由绘画来成就。然而所有绘画在本质上都指向这一时刻。

无论是一般的画家还是绘画大师，对绘画的描述并无二致。不同之处在于画作传达的东西：当画作产生的背景（赞助、时尚和意识形态）发生变化后，画家所预见的被观看的时刻与后人真实观看时的兴趣有多接近。

有些画家有个习惯，就是在创作到达某一阶段时，在镜中研究画作，然后他们会看到颠倒的图像。如果问他们这样做有什么益处，他们会说这样可以让他们以新鲜的视角审视画作。他们在镜子里捕捉到的或许有点类似画作在未来某个时刻被解说的样子。

所有完成的画作，无论有一年还是五百年的历史，都是从过去接收的预言，是观者在当下时刻透过画布看到的东西的预言。有时预言很快耗尽，画作失声；有时预言始终纯粹，真实如初。

然而，为什么静止的绘画形象会如此扣人心弦？是什么弥补了绘画仅因静态而表现出的明显不足？

若说绘画预言了观看体验，并不能真正回答这个问题。这种预言假定人们会持续对静态形象感兴趣。为什么直至今日，这样的假设仍然合理？一般的答案是：因为绘画是静态的，所以能够建立一种视觉上“可感知”的和谐。只有静止的事物才能让人同时创作，才能如此完整。

音乐作品的演奏需要时间，因此必然有开始和结尾。绘画只有在作为物体的层面，才有开始和结尾。而在形象中，既没有开始，也没有结尾。这使得绘画的构图、和谐与形式成为可能。

在我看来，这种解释性术语既过于受限，又过于美学化。这种显而易见的对比一定有其优势：不变的绘画形式与生动的表现对象之间的对比。

静止的图像不正是说明时间的永恒吗？绘画本身是观众眼中的预言，这与现代前卫主义的观点不相干，即被误解的预言家总会在未来得到正名。过去、现在和未来拥有一个共同的基础，一个永恒的基础。

因为画作是静态的，所以绘画艺术的语言就是永恒的语言。然而与几何学不同，这种语言诉说的是感性、独特又短暂的东西。

水手收到一封信
来自千里之外。
他的妻子写下这封信
在悬崖边
他们的家中
她是喜悦的。

而这是关乎她的信
在那些伴着女孩们的夜晚里
在偏远的港口，
历经海上数月漂流
让怨念的水手相信
这无休止的航行
即将结束。

生命中的一刻

Once in a lifetime

在我搂干草的田地北边，有个小山丘。映衬着蓝天和白云，小山丘上有三棵无人问津的孤零零的梨树，两棵枝繁叶茂，一棵光秃秃的，枯木死灰。

这个以前从未注意过的小角落，引起了我的注意，令我愉悦。就像在街上看到一张特别的面孔，这张面孔不为人知，甚至平淡无奇，但它让我感到愉悦，因为它彰显了生命的存在。

不久，我有了一种被监视的感觉。有一瞬间，我觉得有人站在小丘上，或是有个男孩爬上了一棵梨树。死梨树两侧是活梨树。然而一个人也没有。

当一个人惊吓了一只动物，或是被一只动物惊吓，他们会只顾对视，顾不得周遭的事物。动物与人之间通常存在平等，但是此时我感到一种不平等。那注视着我的景致，比我更具存在感。

三棵梨树形态各异。树枝的每个关节都清晰可见，甚至可以看见每片树叶如何摇曳。（整个下午，比呼吸还要短暂的南风北风，轻柔相争。）树下的土地，已经变了。

要不是遇到你，我可能都没法说出这正在发生的变化。今天，在我的晚年，我把它称为——爱的融合。

一切都在变化。三棵梨树，小山丘，山谷的另一边，收割的田野，森林。山变高了，树和田野更近了。眼力所及的事物向我靠近。确切地说，一切都在靠近我曾在的地方，而我已经离开那个地方。我无处不在，在山坡上，在山谷对面的森林里，在那棵死去的梨树上，在我搂干草的田野里。

镜头一刻

Once through a lens

你和我一起写一个故事，假设有一个人物，构想他的出身，构想在他在某个时刻知道了自己命运后的情节。他开始探究和推测，假设各种情形（无限，机遇，不确定性，自由意志，弯曲的空间和时间……），这些假设与思想家推测宇宙非常类似。

这就是为什么讲故事的逻辑和形而上学的哲学逻辑之间有异曲同工之处。

生活，就像活着本身一样，是一个反复讲述的故事。理性主义却否定了这一观点，认为自然规律一定是机械般程式化的。最新的科学研究倾向于表明，宇宙的运作类似人的大脑，而不是机器。我们可以把这个“大脑”想象成一个讲故事的人——尽管许多科学家认为这种想法太拟人化了。故事的形而上学，不再只是文学考虑的问题。

将我们与笔下的人物区分开来的，不是客观或主观的认知，而是我们讲的故事中这些人物的时间体验。这种区分给予我们（讲故事的人）把控全局的力量。这种区分同样让我们无能为力——在叙述开始之后，我们就无法控制这些人。因为我们被迫追随他们，穿越时间的维度，来到他们生活的时空里，用我们的视角去检视这一切。

时间和故事都属于故事中的人物。然而，故事的意义，即其之所以值得被叙述，在于我们能看到的东西，在于激励我们的力量，因为我们已经超越了时间。

那些读或听我们故事的人，像透过镜头般洞察故事中的一切。这个镜头就是叙述的秘密，它在每个故事中都被打磨一新，在暂时和永恒之间来回打磨。

如果说讲故事的人是“死神的使者”，那也是因为在短暂的生命中，我们在细细打磨这些镜头。

童年一刻

Once in childhood

吮吸拇指，睡意来临。身体的味道包裹着自己，就像是沉睡，充满了安全感。

愤怒。恐惧或愤怒的洞穴充满哭喊。这些叫声，如同空中飘散的红叶，孤零零地落在另一片树叶上，盖住了它的脸，又激起更多的哭喊。

哭泣后我们得到安慰。胸中的怒气不再翻滚。一种静谧美好的感觉，像蜂蜜一般充满内心。只有上颚还隐隐作痛。那些让我们哭泣的莫名其妙的原因早已不知所终。

遗忘本身可能就是一种记忆。人生在世有许多不可名状的经历，但能辩认出一些基本的感受——热、冷、痛、甜蜜，也可以辨认某些人。但是这些经历中既无动词，也无名词。甚至第一个代词也只是一种日益增长的信念，而非事实存在。正因为这种欠缺，记忆（而非记忆的某种功能）并不存在。

人们曾长期没有语言。没有语言意味着一切都是持续连贯的。人类梦想的理想语言（可以同时表达所有思想的语言），也许就是从这种没有记忆的状态开始的。

我心赤裸生
轻裹摇篮曲。
其后它独自穿着
衣装之诗。
如一件衬衫
我背负着
那些读过的诗歌。

就这样我活了半个世纪
直到我们默默无言地相遇。

从我搭在椅背的衬衫上
我在今晚知悉

在那些用心灵去习练的

漫长的岁月里

我曾等你。

在欧克索讷的经历

Once in Auxonne

欧克索讷[1]的邮局很小，那儿的女邮政员有一双蓝眼睛。我只去过那里两次。

第一次是给你寄一个包裹，当邮政员称重时，我想象着你亲手打开包裹的样子。

“总共是四千三百克。”

用手打包的包裹有个微不足道的细节：收件人会用手解开寄件人系的结扣。

在邮局里，我在脑海中想象着你的手指打开我在欧克索讷邮局系的结扣。

1　欧克索讷，法国科多尔省的一个市镇。（编辑注）

十天后，我又路过小镇去了邮局，这一次给你寄一封信。我还记得寄包裹那天，有些失落。但我失去了什么？包裹已经安全送到。你用甜菜根做了汤。还有那瓶你放在架子上的橙花蒸馏水，就在橱柜里的衣服上方。我失去的就是对那包裹小小的期许。

我们为死者哀悼，因为他们失去了未来的希望。寄出包裹的人就像这些逝者一样，失去了对包裹的希望。寄信的人已经取而代之。

过去的一刻

Once in the past

一个人的死亡完全属于他自己。它不属于其他任何人，甚至不属于凶手。这意味着死亡已经成为一个人生命的一部分。这不仅仅在于人们对死亡有所预期和准备，还在于和死亡有关的内容已经注定，至少部分已经注定。在过去，这是洞察世事的关键。后来，人们对自由的新主张动摇了决定论的说法。绝对自由的说法伴随着线性历史时间的产生而诞生。这样的自由是唯一的安慰。只有当时间是单线性时，对未来事件或命运的预知才意味着决定论，也就意味着人们没有自由。如果时间是多线性的，或是循环的，那么预言和命运可以共存，人们可以自由选择。

也许在鸿蒙初始
时间和预见，
共同造就了距离，
它们同时到达，
醉醺醺地
猛扣门扉
就在破晓之前。

第一缕光线让它们清醒，
审视着这一天，
它们谈论
那遥远的，那过去的，那不可见的。
它们谈论地平线
周遭尚未消失的
每个事物。

对但丁来说，时间就是历史的种种仿佛在某一刻同时上演。反之，历史的目的是将时间联系在一起，如此一来，所有人都是共同追求和征服时间的兄弟与伙伴。[奥西普·曼德尔施塔姆（Osip Mandel'shtam）]

在 19 世纪传承下来的公理中，只有一些关于时间的公理没有被人质疑。至少在历史的尺度上，被左派和右派、进化论者、物理学家及大多数革命家所接受的，是 19 世纪对时间流的单线性和统一性的观点。

时间流统一性的概念，即在这个统一的时间内，所有的事件都可以在时间线上暂时地相互关联，这取决于人脑合成的能力。如星系和粒子本身没有任何意义。这从一开始就是一个现象学问题。一个人必须从有意识的经历开始。

尽管有钟表和地球的规律转动，人们仍对时间的流逝感受不同。这种印象通常被认为是主观的。根据 19 世纪的观点，时间客观存在，不可辩驳，且不以人的意志为转移；就不以人的意志为转移这一特性来说，时间没有限制。

我们不应该这么快就抛弃体验。假设我们接受时间，时间不会减慢或加快。但有时我们感觉时间似乎以不同的速度流逝，这是因为我们对时间流逝的体验涉及两个相互对立的动态过程：积累和流逝。

瞬间的体验越深，积累的经验就越多。这就是我们感到某一刻更漫长的原因。再来看时间流逝。时间对于活着的人来说不是长度的问题，而是深度或密度的问题。普鲁斯特理解这一点。

这不仅仅是一种文化真理。这种情形在自然界中亦存在。太阳和雨水交替的日子里，春天或初夏，植物以肉眼可见的速度生长，一天可长几毫米乃至几厘米，这如同时间密度的周期性增长。这些令人惊叹的生长和积累的时间，与种子在土壤中尚未萌发的冬季时间不可同日而语。

时间的内涵，引发了时间维度的问题。无论是第四维、第五维还是第三维（与时间相关）都不重要，它只取决于空间 / 时间模型。重要的是这个维度并不适用于规律而又统一的时间流。我们可能有一种感觉，即时间并没有带走一切。认为时间带走一切的论断是 19 世纪的信条。

人们之前就认识到这个难缠的时间维度问题了。它存在于所有关于时间轮回的认知中。时间如同轮子转动一样流逝前进。然而轮子转动需要一个产生摩擦力的表面，比如地面。车轮转动正是因为摩擦力。时间轮回的认知基于一个模型，即有两种力在发挥作用：一种是朝一个方向移动的力（时间），另一种是阻止移动的力。

身体会衰老，时刻迎接死亡。没有一种关于时间的理论能够赦免。死亡永远与时间结盟。时间流逝得或许很慢，而死亡往往突然降临。

然而，过去人们也认为，“死”伴随着“生”，也是事物从无到有的前提。事物相互依存，因此“死”不会毁灭也不会重来。

“生”如此短暂，让人时常叹息。时间是死亡的代理人，也是生命的组成部分。但是永恒——死亡不能摧毁的东西——则是另一回事。关于时间轮回的观点将这两个要素联系在一起：转动的车轮和它依附的地面。

现代主流思想已经把时间从这种统一性中解脱出来，变成了一种单一的、全能的、积极的力量。这样一来，它将“死”的鬼魅特性转移到了时间本身的概念上来。时间成为战胜一切的“死神”。

为了测定现代天文距离，人们使用光在一年内行进的距离作为单位。距离的数量级和程度，看起来几乎没有极限；除了纯粹的计算之外，几乎很少有什么会涉及如此数量级和程度的距离计量，而且即使计算也有其极限。在人类测量和构想这种无限概念的系统中，隐藏着周而复始的日常计量单位——“年”。人们因为“年”的永久性、重复性和连续性而认识了这一单位，这种从天文计算回到日常生活中的计量，就像是一个漂泊回家的浪子。

这种内心的脆弱，这种此时此地不能割舍或今后也难以割舍的思乡之情，可以用以下两种方式来解释：它体现了人类在茫茫宇宙中的失落和无助，或是人类内心所保留的一点至真。

在 17 世纪，帕斯卡[1]认识到了新的计算方法引起的前所未有的颠覆。随着时间和空间的推进，过去变得迷失，陷入虚无。（néant 在 17 世纪第一次使用，法语意为虚无。）上帝放弃生命，栖息于死亡的永恒领域。个体不再是时间轮回中的存在，也不再是这些轮回的中心，而变成了一个虚无、等待着的存在。所有这些计算都强调着个体已经等待多久，或将要等待多久。个体存在的证据不再是清晨，不再是季节重现，不再是初生之婴儿，取而代之的是天堂和地狱的“永恒”和最后审判的终结。人们被迫接受时间，时间不再是生命的条件，成为神圣而冷酷的原则。时间变成了审判和惩罚。

从此以后，只有免除死亡宣判的人才能把时间当作礼物。帕斯卡曾豪言——上帝可能不存在，我们可能会迷失，但假设他确实存在……这就是判决死亡，然后期盼解脱的办法。

---

1 布莱士·帕斯卡（Blaise Pascal），17 世纪法国数学家、物理学家、哲学家。（译者注）

现代社会的量化始于代数和无穷级数。于是，一个人不再计算拥有什么，而是计算没有什么。万事皆为失。

熵的概念是用科学原理解释“死亡”。虽然死亡曾经被认为是生命的条件，但熵意味着生活（还有生命本身）终将耗尽和消灭。正如爱丁顿[1]所说，熵“是时间之箭”。

时间从一种情况变成一种力量的现代转变始于黑格尔。很少能有哲学家比黑格尔更乐观了，他认为历史的力量是积极的。后来，马克思证明这种力量——历史的力量——受制于人类的行动和选择。马克思的思想中始终具有戏剧性，马克思辩证法里最初的对立，源自这样一个事实：他既接受时间变为最高力量的现代转变，又希望把这种至高无上的力量交到人的手中。这就是为什么他的思想从各方面而言都是伟大的。马克思相信，一个人的价值、潜力和创造能力，将取代时间的永恒。

如今在西方世界，资本主义文化放弃了其作为一种文化的主张，成为一种即时的实践——时间的力量被描绘成至高无上、无可匹敌的毁灭者。地球和宇宙日渐消减。伴随时间流逝，世界日渐混乱。熵达到最大值的最终状态，

1 亚瑟·斯坦利·爱丁顿（Arthur Stanley Eddington），20 世纪英国天文学家、物理学家、数学家。

被称为热寂，即所有活动消失殆尽。

质疑熵原理的确定性，并不等于质疑热力学第二定律。在一个既定的系统中，熵原理和其他热力学定律适用于时间范畴内的事物。它们是时间范畴的法则。人们对这些原理的确定性有争议。

熵增加的过程以热寂告终。它源自一种极高能量的状态，在天体物理学术语中被认为是一次爆炸。这一理论有一个开始的时间点和一个结束时间点，两个时间点之外属于非时间范畴。熵理论最终把时间当作一个括号，但里面没有内容，也排除了所有可能的内容——关于括号之前或之后的内容。这就是它的天真之处。

先前许多关于世界的宇宙学解释，如熵理论，表明了一个理想的原始状态，对人类而言，是一个不断衰减的过程。黄金时代，伊甸园，众神的时代……都是远离悲惨现实的美好存在。

人类很自然地将生命想象为一种坠落。想象就是设想一个高度，使坠落成为可能。

亚当和夏娃
不断地被驱逐
而当夜晚降临
他们执着而返！

从前，
当他们两个
不会算数
没有月份
没有出生也没有音乐
手指都数不清。

从前，
当他们两个不会算数
除了无限花朵的芬芳
永生动物的气息
他们能否感觉到
眼睛的刺痛
喉咙的干渴？
在他们无忧无惧的酣眠中

他们的舌尖
是否寻找另外一种味道的萌芽
凡人的汗湿味?

他们是否嫉妒那些堕落之后的人类
随之而来的渴望

女人们和男人们依旧归来
在长夜中
度过那不可胜数的时光。

而第一批行刑队是守时的
驱逐他们出境
是在黎明时分。

如果没有衰老的过程，如果时间和时间流逝没有被植入生命的密码，繁衍就没有必要，性就不会存在。

显然，性是物种跨越死亡的行为，这是先于哲学的真理之一。

爱将“跨越死亡”向前推进一大步，但从定义上讲，爱不是物种的飞跃，因为相爱的人构成了人类所能想象的最特殊、最不同的形象。如同发丝般特殊、与众不同。

为了繁衍后代和填补未来而产生的性冲动，是对飞逝而过的时间流的一种反抗。保证人类繁殖的基因信息对抗着消散。具有繁殖能力的动物——如同一粒玉米——成为过去通向未来的通道。繁殖跨越数千年的历程。受精瞬间的过程——不管对男人还是女人——就是客观的人类繁衍。繁衍过程中传递的信息比信息承载者更为重要。性的客观力量与时间的客观流逝是对立的。

每一个生命都是由这两种对立力量的碰撞创造并维系的。这种“维系”是定义存在的另一种方式。“存在”令人困惑和感到神秘之处，在于它同时代表着静止和运动。两股对立力量的运动产生了平衡的静止状态。

性的力量绵延不绝，从未终结。或者，更确切地说，结束是为了重新开始，正如第一次那样。

与性不同的是，爱的理想境界是包容一切。“我明白了”，加缪写道，“他们所谓的荣耀是：毫无拘束地去爱的权利。”这种无限是人类主动的选择，因为爱不断夺回的完整性，正是时间所分割和隐藏的东西。爱是心的重建，心是“存在”的载体。

一首歌里的时光

Once in a song

一个歌手或许天真
歌声从不。随着它的眼睛瞬间张开
冲着世界
它的内心就暴露无遗，
歌无所顾忌，
歌初生无畏。
只有等到它停歇
听众才能习惯性地重拾
他们的时代的天真。

当一位伟大的歌手开始歌唱，时间和空间就绷紧了皮肤，那新生的声音填满了世界，再也没有一个角落留给沉默和天真。生命的长袍被内外翻转，歌手化身为大地和天空，过去的时间和未来的时间都在唱着唯一一首生命的歌。

年龄。出生日期和地点。

永久居住地。

入境日期

在高地的时光

Once in the highlands

就像动物窝在地上过夜，农场主们蜷缩在农舍里。一切都在继续，落叶松、欧洲蕨、苏格兰松、石楠、杜松、草屑。然后是陆地，水——河流奔向大海，大海用潮汐充盈湖泊。风（多是西北风）吹过陆地和水面。天空中大雁的鸣叫瞬息变化，就像是用另外一种计算方式记录这些变化。

有城堡，有曾经的防线，有死亡，但没有最后的屏障。这就是人们可以从长满欧洲蕨的山脉环绕着的湖泊中捕捞到鲱鱼的原因。这就是为什么天空看起来比陆地更饱满亲切。这里就像天地之间的海岸。如同海边有海草的味道，天地间的海岸有绵延无尽的时间的味道。

这无尽的时间裹挟着沉重的失落感。高地哀悼那些已经消失的人，尤其是那些被迫消失的人。空中大雁的数量代表了驱赶时期被赶出高地的人数。

离苏格兰西海岸最近的岛是吉厄岛（Gigha）。五百年前，岛上居民在岛南端建了一座小教堂。它矗立了三个世纪，然后倒塌了。教堂周围是墓地。这些墓碑和欧洲其他墓地没有太大的不同。墓碑上记录了几代人的死亡信息：姓名、出生年份、去世日期和去世地点（如果不是在岛上去世的话）。一个名字和两个日期，最后一个精确到日子。这就是被记录下来的一切。关于这期间发生了什么，除了生存的事实外，没有只言片语。

一两百年的风吹雨打、盐渍苔侵，抹去了墓碑上深深镌刻的字母。为什么还要写上名字和两个日期呢？在所有墓地都会问到同样的问题，但在这个岛上，答案更加明显。

碑文不是给活着的人看的。那些铭记逝者的人不需要被提醒。碑文铭刻的是一种写给第三方的身份证明。这些碑文是写给冥界的推荐信（关于刚刚逝去的人），写这些信是使那些已经离开的人无须被重新命名。

你我从墓地望向海峡，望向大海，望向天空，望向远方——远处长满欧洲蕨的山脉。倾斜的海岸线就像婴儿出生的通道——朝向开阔的大西洋。游魂飘荡到这个出生之地，游荡在我们说话的距离之间。生者不懂他们的语言。他们也读不懂我们的故事。

在你的岛上
是否夜晚降临得稍晚一些?
是否我刚好走在你前面一点儿
蛇就不会咬到
你穿凉鞋的脚?

从来就没有什么平衡。
这就是为什么星辰寂静
一言不发。

如何衡量
一个季节
根据
你不在之际的日历?

如何衡量
这山中
那属于过去和以后的
我紊乱的光线的
溪流？

从来就没有什么平衡。

然而在黑夜里你我的眼睛
相互回响
毫不晕眩。

02

此处

Here

距离

Distance

你已经在热水瓶里灌满了咖啡
如果需要就把我们的足迹打包吧
投进那不可留痕的
　永恒的
　　雪的狭口。

如同带着锤子的木匠
我们已经教会距离
如何用我们奔跑其间的
　树木
　　建造屋顶。

在身后的寂静中

我们再也听不到关于避暑别墅的

遥远的问题：

　那么明天我们

　　要去何方?

黄昏时分套着挽具的狗群担心

森林没有尽头。

在每一个雪夜

　我们用惊奇的大笑

　　令它们平静。

可见之物是我们获取世界信息的主要来源，过去是，现在依然是。通过可见之物，我们定位自己。我们甚至将来自其他感官的感知也转译成视觉术语。（眩晕就是一个病理学的例子：此病发源于耳朵，我们体验到的却是一种视觉上、空间上的混乱。）正是仰赖可见之物，我们才认识到空间是物质存在的前提。可见之物组成了我们的世界。但与此同时，它不断提醒我们，这是一个我们有可能迷失的世界。可见之物及其空间也将世界从我们身边带走了。再也没有什么比它更两面派的了。

可见之物预设着眼睛的存在。这是观看之物与观看者之间联系的纽带。然而观看者（如果是人）知道，由于时间和距离的缘故，他的双眼不能且永远不能看到什么东西。可见之物既包括他（因为他在看），又排斥他（因为他并非无所不在）。对他而言，可见之物包括可见之物和不可见之物，前者即使在有威胁性的时候，也证实了他的存在，后者则违背了这种存在。**看过**——海洋、沙漠、北极光——的欲望，有着深厚的本体论基础。

除了可见之物的模糊性之外，还需要加上不在场的视觉经验，即我们再也看不到之前见过的事物了。我们面对“消失”（disappearance）。随之而来的是一场斗争，以阻止那消失之物、无形之物，落入对不可见之物的否定，藐视我们的存在。因此，可见之物能让人对不可见的现实产生信念，并促成“内在之眼”的发展。这种“内在之眼”仿佛在内部运作，仿佛已经看到的东西可以永远部分地受到保护，免受空间的伏击，即不存在。

生命本身和可见之物的存在都归功于光。在生命出现之前，什么都不能被看见——除了上帝可以看见。无论是视觉感知的光学解释，还是眼睛对光刺激的缓慢而有风险的发展进化理论，都没有解开围绕这个事实的谜团：在某个时刻，可见之物诞生；在某个时刻，表象被揭示为表象。作为对这个谜团的回应，赋予重要的诸神的第一个官能就是视力：一只眼睛，通常是一只全知之眼。这个时候便可以说：**可见之物之所以存在，是因为它已经被看见。**

《创世记》的故事与此相符。上帝最先创造的东西是光。在随后的每一次创造中，光让他看到所创之物完好。第六天，他**看**到自己创造的万物，**注视着**，都很不错。

《创世记》的故事承认了可见事物形成的神秘。在人们称为自然美的普遍体验中，这样的神秘得以延续和重复。

无论归于何种范畴，这种美给人的感觉都如同一种启示，就好像上帝开口说话一样。

一帘瀑布是一帘瀑布是一帘瀑布。它的外观（appearance）和意义（significance），表相（look）和含义（meaning），是同一的。而它们通常又是分开的，一个正在观察并质疑的人则需要将它们放在一起。美的启示就是这种融合，这种融合改变了一个人的空间感，或者更确切地说，改变了一个人在空间中存在（being）的感觉。

无限的可见之物中包括人，也排斥人。他看到了，他看到自己不断被抛弃。外观属于可见的无限空间。人借助内在之眼体验自己想象和反思的空间。通常情况下，在这个内在空间的保护下，人们放置、保留、培育、放纵或构建含义。

在外观和含义一致的启示时刻，物理空间和观者的内心空间契合：观者在此时罕见地达到了与可见之物的平等。消除了所有被排斥的感觉，处于事物的中心。

* * *

邮局很大，我怀疑它的主管要么效率低下，要么心怀不轨；柜台后面的工作人员萎靡不振，似乎加班之余还要做有悖常理的事情。

邮局的队伍总是排得很长，可能是因为它处在一个边陲小镇。有时收到一封你的信，有时是好几封。我为每封信支付了半块面包的价钱。

邮局建于20世纪30年代——简朴的大堂，一度被认为是公民道德的代表，正如它的宽敞被认为是社会希望的象征。现在它看起来光秃秃的，破败不堪。

大多数员工都是和你年龄相仿的女性。柜台后面的女人手里拿着你的信，我看到信封上你的笔迹，就仿佛听到了你的声音。听到并不是记得。记得就是记得。在中央邮局，仿制的大理石地板放大了每一个脚步声——仿佛在呼唤我。

声音首先属于身体，然后属于语言。语言可能会改变，但声音不会改变。在你张口说某种语言之前，我就听出了你的声音。在邮局，写在信封上的名字就像是你大声念了出来，但我听到的不是那两个字，而是你的声音。

你的声音与此刻发生的其他事情同时存在：突尼斯人正在给杰贝尼亚纳（Djebeniana）的家人打电话，女人来取她的邮购包裹，办公室职员寄出一百封信，老人领取养老金。

也许声音不必传播很远，就已经在我的耳边回响。但是现实永远不应该和尺度（scale）混为一谈，只有尺度才有大小之分。

* * *

更大的并不意味着更真实——如果我们倾向于相信这种说法，那么这种倾向就是所有动物在面对另一个比自己更大的生物时所表现出的恐惧反射遗存。更严谨的说法是大的比小的更真实。但这也并不正确。对于死亡状态，范围（scale）土崩瓦解；正如在概念上，一个点与宇宙融合，创造了范围。如果我们被困住了，我的心却不囿于现实。

* * *

也许丁香是百花之中最具女性柔美的花朵。它来自东欧，16 世纪传入西方。它是斯拉夫民族的花朵。

在这里的群山中，当第一只杜鹃鸟歌唱时，丁香树就会开花。杜鹃鸟和丁香结伴出现。杜鹃鸟绝对可以算得上胆大。交配之后杜鹃鸟不再歌唱，它们会吃掉幼虫和毛毛虫——甚至那些对其他鸟类有毒的虫子——也安然无恙。

你曾说过，丁香的气味和厩里的奶牛的气味差不多，闻起来都是慵懒和静谧。

白昼变长了，晚上我坐在厨房里看书，没有点灯。窗台上的罐子里插着一枝丁香花，这是我在朋友的花园里剪的。它是淡紫色的，就像一件洗过很多次的海军蓝衬衫的颜色。在我年轻的时候，曾有一件那样的衬衫，印度尼西亚伟大的画家阿凡迪（Affandi）为我画了一幅穿着海蓝衬衫的肖像。现在画像和衬衫都不见了。透过敞开的窗户，我可以听到杜鹃的叫声，伐木工的链锯还在轰鸣。

刚才抬头一看，渐渐深沉的暮色中，丁香枝，看起来就像远处山上繁花盛开的树木一般融入了黄昏，正在慢慢消失。

冬天很冷，房子的墙很厚实。在靠近窗玻璃的窗孔上，挂着一面剃须镜。现在我抬头一看，镜子里映出一枝丁香的枝条：小花的每一片花瓣都生动清晰，如此贴近，花瓣看起来就像皮肤的毛孔。起初，我不明白为什么在镜子里看到的部分比花枝的其他部分更清晰。然后我意识到，在镜子里看到的是丁香的**外**侧，也就是被最后一缕阳光完全照亮的那一边。

每天晚上，我对你的爱，放置如镜。

* * *

哲学是一种乡愁，是一种在任何地方都想要回家的冲动。

——诺瓦利斯（Novalis）

据说从游牧生活到定居生活的转变，是文明开始的标志之一。

很快，所有在城外生活的人被认为是尚未开化。但在有狼群靠近的山上，却是另一回事。

也许在过去的一个半世纪里，发生了同样重要的转变。之前从来没有这么多人背井离乡。移民——无论是被迫还是自愿——跨越国界，从村庄到城市，成为这个时代的典型经历。工业化和资本主义需要空前规模的人口迁移，16世纪开始的奴隶贸易预言了新型暴力的产生。第一次世界大战中集结了大批军队的西线，后来证实了同样的做法，在“无人区”上演人口的离别、集结、运输和集中。后来世界各地的集中营延续了这套操作的逻辑。

从马克思到斯宾格勒，所有的现代历史学家都已经认识到了这种当代移民现象。为何要多说几句？为了找寻失去的东西。不是因为怀旧，而是因为希望正是在失去的地方产生。

“家”这个词（古挪威语为 heimr，德语为 heim，希腊语为 kōmi，意为“村庄”）长期以来被两种道德派所用，这两派均与掌权者关系密切。“家”的概念成为家庭道德准则的基石，保护家庭的财产（包括妇女），同时“家园”的概念成为爱国主义的信条——为了少数统治阶级的利益，说服男人们战死沙场。这两种说辞都隐藏了“家”的原意。

最初，家指世界的中心——不是指地理意义上的世界中心，而是指本体论意义上的世界中心。米尔恰·伊利亚德[1]展示了家如何成为**构建**世界的起始之地。他说，家建立“在现实的中心”。在传统社会中，一切构筑世界的事物都是真实的；周围存在的混乱具有威胁性，但它之所以具有威胁性，是因为它并**不真实**。没有位于现实中心的家，一个人不仅失去庇护，而且会迷失在虚无和虚幻之中。没有家，一切都变得支离破碎。

家是世界的中心，因为它是一条垂直线和一条水平线

1 米尔恰·伊利亚德（Mircea Eliade，1907—1986），西方著名宗教史家。（编辑注）

相交的地方。垂直线向上通向天空，向下通向阴间。水平线代表了世界的交通，代表所有可能通向其他地方的道路。因此，在家里，一个人离天上的神最近，离阴间的逝者最近。这种“近”保证了既可通向天上也可到达地下。同时，家是起点，但愿也是陆地之旅的归宿。

两条线相交，这种相交承诺的慰藉，可能在游牧民族的思想和信仰中就已萌芽，但他们像背负帐篷杆一样背负着“垂直线”。也许20世纪末人类史无前例的迁徙中，数百万流离失所的人心中仍有一些难以言喻的慰藉。

迁徙不仅包括漂泊离开、跋山涉水、流落异乡，还意味着参透世界的真正意义，用一种极端的方式将自己放逐在荒诞的虚幻中。

迁徙如果不是出于枪口下的胁迫，也许是出于希望或绝望。例如，对农民儿子来说，父亲的传统权威可能比其他纷扰看起来更让人压抑且难以接受，村庄的贫穷可能比都市的犯罪更让人难以接受，遭受同胞的迫害或折磨比身处异乡、客死他乡更让人难以接受。所有这些都可能是真的。但迁徙总是意味着拆解世界的中心，从而进入一个支离破碎、迷失无措的世界。

八首有关迁徙的诗歌

8 poems of emigration

1. 村庄

我告诉你

　　所有的房子

都是石头屁股上的洞

我们吃掉棺盖

在夜晚的星辰

　　和桶里的牛奶之间

空无一物

搅乳器每天

　　清空两次

向我们投来

　　盛怒

　　　　在田野上。

2. 大地

梳理大地紫色的头皮

在秋天

　　以及饥荒的日子

用手抽出

　　大地金属的骨头

大地上的教堂

　　钉在十字架上的钟表的指针

都被带走

3. 离开

疼痛
不能

忍耐足够久

白雪之下
踪迹消失
那是离别的
白色拥抱

我已经试着在火车上写下真相

对外界充耳不闻
舌头战栗
紧紧抓住一个词

火车正在经过一座桥
黑冰聚集

在每个字母上

萨 瓦 河（Sava）

我的河流

4. 大都会

月光的边缘

锋利

如运河之水的

　　平面

理性之锁

在破晓时分

当黑暗的程度

降至

　　光亮

该接受这黑暗

汇聚在盲目之地的

黑色

接受所见

但是这里的黑暗
已经被偷偷装进了一只
塞了鹅卵石的袋子
淹死在水中

那里再也没有黑暗

5. 工厂

在这里
永远是黎明
觉醒的时刻
革命预言的时刻
余火燃尽的时刻
每日工作的时间
无止休

在那里我们建造了黑夜

当我们生起火
躺在其间
以黑暗为毯

近处是
沉睡动物的气息
静如大地
温如火焰

寒冷是相信温暖
一去不返的痛苦

在这里
夜晚是时间
遗忘了永恒的黎明
在寒冷中我梦到
　　松树如何
　　燃烧
　　如同一条狗的舌头
　　在狗牙之后

6. 海滨

哈德森整夜
在床上咳嗽

我试着入睡

我的国家
是一张钉在木头上的兽皮

我灵魂的风呼啸

在地平线之外
我做了一张吊床

睡梦中
我吸吮出生的村庄
触摸我的河流的曲线

两条黑鲭鱼

拂晓时分

引航

捕住它们，天空捕住它们

7. 缺席

当太阳还没有高过青草

珠宝挂在树间

梯田变得玫红

在环形路边的荧光灯之间

公寓住宅悬起它们的敬意

他们在煎土豆

一家工厂从手上脱下羊毛手套

我的拇指上有个洞

藤蔓不是绿色的

藤蔓不在此处

那些珠宝

撞上了高压线

将会被死者佩戴

死亡的危险

8. 我知道的一片森林

让我就这样死去吧

树枝盘根错节

　　山丘站起

云朵倾泻到

　　杯子里

在森林里的野猪们

　　吃过了食物

　　温暖

　　　　又困倦

每次清除都记录在

　　我带着的一块屏幕上

像一块卷起的布

　　在我的脑海里

一张床单

　　覆盖了

　　　　死者的眼睛

挡住了世界的视线

在那块展开的

　　布上

我追随他们的脚步

　　在我所知的这片森林。

波德莱尔最早定义并描述了新城市人群无家可归的状况：

“就像游荡的流浪鬼 / 在顽强地哀叹。”

然而，评判——不是诗歌——过于笼统。正是这种失落感使人充满期待。人们很容易忽视历史上暗藏的东西，就好像人只活在历史中，再没有别的什么了！

大众的聪明才智往往是看不到的。这种才智偶尔聚集到政治行动中时，才会为人所见。剩下的时间中，人们借此默默生存。在生活中，他们四处躲闪、重拾活力、匆忙劳碌；在心理上，他们为了保持自己的身份而兜兜转转。尽管生活和工作条件恶劣，尽管流离失所，人民群众，必需且无名的劳动力，仍然坚持作为一群个体而存在。每个人保留个性，个性的立锥之地就像是一个家。

“家”与建筑没有关系。头上的屋顶，四面墙，已经变成了世俗的东西：这不是内心所想的神圣之所。这种世俗化直接由经济和社会条件导致：租赁、贫困、过度拥挤、城市规划、财产投机。但归根结底，这是缺乏选择的结果。没有选择，任何住宅都不可能是家。

就作为家的传统住宅而言，这个选择可能是祖先的选择，甚至超出了人们的记忆。每一次维护或改进都认可并重复了第一个选择，这不是品味的选择，而是对选择两条生命线相交之所的深深理解。如今男人和女人——即使是那些弱势群体——也许拥有着比过去更多的选择，但有一个选择却无可挽回地丧失了，那就是说出：这里是世界的中心。

然而，流离失所的人们通过兜兜转转保持自己的身份，临时搭建一个庇护所。用什么建？我认为是用习惯，用那些重复的原材料，打造他们的庇护所。这些习惯暗含着言语、笑话、观点、手势、行动，甚至是戴帽子的方式。实物和地点——一件家具、一张床、一个房间的角落、一个特定的酒吧、一个街角——提供场景，提供习惯的场所。这些场所并非受到人的保护，而是受到习惯的庇护。把这些临时的"家"连在一起的是记忆（对孩子亦是如此）。里面排列着看得见、摸得着的记忆——照片、奖杯、纪念品，而保护人们的屋顶与四壁是看不见也摸不着的，与人生相关。

对于弱势群体来说，房子不代表家，某种或是一系列实际行为才代表家。每个人都有各自的行为方式。这些行为并非强加于人，而是由人们自行选择。这些行为不断重复，不断流动，更持久，和暂时的居所相比，更接近庇护所。家不再是一个住所，而是一个无法言喻的关于生命存在的故事。在最残酷的情况下，家只不过是一个名字，而对大多数人来说，家没有名字。

天空深蓝
椋鸟展开翅膀
离开山形墙
去写一封
回信。
落日
让牙齿填满黄金。
恰如碎肉一片
我借宿在这镇上。

新移民的经历不同于已经长久立足的“本土”无产阶级或亚无产阶级。然而，移民所经历的流离失所、无家可归、悲惨遗弃是一种更普遍、更广泛经历的极端形式。“疏远”一词表明了一切。（甚至可以说一位中产阶级移民“无家可归”，即使他有城市别墅、乡村别墅、三辆汽车、几台电视、网球场和酒窖。但我对这一阶级不感兴趣，因为其中没有什么可待未来发掘的。）

移民离开家乡后，就再也找不到两条生命线交会的地方了。垂直线不复存在；他和故土逝者之间不再有延续，逝者消失；神不可及。垂直线缠绕成个人经历的种种，个人经历的兜兜转转最终也是无所归宿，自我封闭。至于水平线，因为不再有任何固定的支点，被省略成纯距离的平面，事物一扫而空。

在这片失落的土地上还能长出什么呢？当每个村庄都是世界的中心时，人们也许未曾料想到这样的情形。自 19 世纪初以来，至少有两种期盼——为建立新庇护所带来希望——成为越来越广泛的共识。

第一种是期盼热烈浪漫的爱情。（比起在图书馆，这样的爱情更多发生在后街。）从某种意义上说，在恋爱男女之间发生的事情超越了历史。在田野里，在路上，在工作车间里，在学校里，转换持续不断地发生：拥抱并没有改变什么。然而，被赋予激情的建筑却发生了变化。不一定是因为感情不同，而是因为感情周围的因素——社会态度、法律制度、道德、末世论——都发生了变化。

浪漫的爱情，在现代意义上，是一种将（或希望将）两个漂泊的人联结起来的关系。友谊、团结、共同利益也可以把人们联结起来，但人们往往依据经验和周围环境才那样做。人们通常都有经验基础。但是浪漫的爱记得开始和起源，最重要的是交往之前的经历。正是这种经历使爱情在现代具有特殊的意义［从诺瓦利斯到弗兰克·辛纳屈（Frank Sinatra）］。

一开始，这种爱会记住，两性的划分使生活两极分化。男性和女性构成了一种分离，一种新的不完整形式。性本能是两极之间吸引的能量。人类的想象力和记忆力一旦存在，抓住并保持这种吸引力的欲望就演变成爱。这样的爱带来了“圆满”的希望，认为自己的能量属于真实的心。想要“圆满”的期盼随着家庭的建立同时发展，但却不是一回事。在现代，当我们被剥夺了建立家庭的希望之后，我们比以往任何时候都更强烈地感受到圆满的共鸣。

另一种预期是历史性的。每个移民心里都知道，自己不可能再回来了。即使身体能够回来，也不会是真正的回归，因为他已经被迁移深深改变了。每个村庄都是世界中心的历史状态也同样不可再现。现在重建一个世界中心的唯一希望，就是让它变成整个地球。只有全世界的团结才能超越现代的无家可归。

博爱这个词太简单了。忘掉该隐和亚伯，博爱以某种方式承诺所有的问题都可以解决。在现实中，许多问题是无法解决的——因此永远需要团结。

现在，幼年时代一结束，房子就不再是（像其他时代的）家了。尽管人们坐拥财富和通信系统，20 世纪依旧是一个被放逐的世纪。最终，也许马克思的伟大预言将会实现，取代住所的不仅是我们个人的名字，还有存在于历史中的集体意识，我们将再次生活在现实的中心。不管怎么说，我都能想象到。

与此同时，我们不仅活在自己的生活中，也活在对我们这个世纪的期盼之中。

二十世纪的风暴

Twentieth century storm

闪电如镰刀般

将雨水砍下。

大片的水流

像衣服一般坠落

——哦为离别而穿的美丽外套

　那些好极了的外套

　一去不返！

像衣服一般坠落

在远方

在天空的空旷原野。

在这场暴雨浇灌的草丛中

花朵

伴随河流的力量生长

——哦摆渡人的口袋里

　装满了信件

　那些离去之人的

　沉默和承诺的数字！

伴随河流的力量生长

流入河口。

每个花朵始于

掌心，

每片花瓣

起源于

一个手势一个动作

一次触摸。

把你的花园放在我的脸颊

把你在另一个城市的

五指状花园

放在我的脸颊。

干草车

满载着雷鸣

正在天上滚滚经过

快乐的存在是第一个谜团。痛苦的存在引发了更多的哲学思考。快乐和痛苦不可分割，需要放在一起考量，但它们各自占据的空间可能是不同的。

快乐被定义为一种满足感（gratification），是大自然运作的基本要素，否则就不会有动力去满足身体和物种生存的需求。生存——出于我们不得而知的原因——作为自然唯一的目的，已深入人心。满足感或期待感是一种激励，痛苦或对痛苦的恐惧是一种警示，两者都是必不可少的。快乐常被看作痛苦的对立面，它们之间的区别是，快乐总是倾向于超越其功能目的，**不知其所**。

猫儿互舔时比吃东西时表现出更多的快乐。（事实上，除了反刍动物，其他动物都有一种迫切的进食欲，这种欲望取代了快乐：进食之后的饱足感就是快乐。）马在野外奔跑时似乎比在解渴喝水时体验到更多的快乐。满足感，对于激发人们满足某些基本需求的冲动必不可少，即使在动物身上，也产生一种全身的愉悦，无来由的快乐。

也许这种能力与所有动物幼年时都需要通过玩耍来学习类似。在玩耍和无由来的快乐之间，有一个共同的面孔。

玩耍暗藏了真实与玩乐之间的区别。世界因玩耍而加倍。有一个非自愿的必然世界和一个自愿的游戏世界。在游戏世界，快乐不再是目的，而是无来由的。

我们自己的世界也因玩耍而变成两个，虚构的程度更高，玩乐变成了想象。想象强化了痛苦和快乐的感受，并使之加倍：焦虑和幻想由此产生。但快乐和痛苦依然存在根本的区别。无论痛苦的源头有多深，总是有一个原因、一个中心、一个核心；而快乐却不一定只有一种。

人类的幸福是罕见的。没有快乐的时期，只有快乐的时刻。但幸福恰恰是一种广义的快乐。幸福的状态可以用一个等式来定义，即在某个时刻，一个人得到的福祉与他当下的存在等同。快乐如果没有超过功能性满足，这样的福祉则不可能存在。审美体验是这个等式最纯粹的表达。

人们一般认为这个等式是仁慈上帝存在的标志，或者至少上帝有时会仁慈。幸福的随意性被解读为一种神圣的意图。由此产生了苦难和痛苦的问题。如果快乐是一种天赋，如果幸福是一种意图，为什么还会有痛苦？这很难回答。

减轻痛苦从来都不是一件易事，食物、药品、衣服和住所等生活资源常常匮乏。人们很容易找到痛苦的根源：饥饿、疾病、寒冷、贫困……道理上讲，减轻痛苦总是比给予快乐或使人快乐更简单。人们更容易辨别痛苦。

但有一个明显的例外，那就是失去的痛苦。这种痛苦令人心碎，存在于生命的整个过程。痛苦起源于某件事情，之后又产生了更多的痛苦。不幸者伤心欲绝。意识到曾经的快乐或幸福已永远失去，这是怎样的痛苦?

第一个谜团是快乐的天赋。

情歌

A love song

群山是无情的

雨水正在消融冰雪

它将再次冻结。

咖啡馆里两个陌生人

弹奏手风琴

满屋子的男人在唱歌。

曲调充满

心房

和眼窝。

歌词填满
牛棚
在两耳之间咆哮。

音乐刮光面颊
放松关节，
是治愈风湿病的唯一良方。

音乐清洁指甲
软化双手
擦去老茧。

一屋子的男人，
来自汗湿的牛
柴油，永恒的铲子，

正在爱抚
一首情歌的气息
用温柔的手。

我的双手已经离开手腕

正在穿越群山

找寻你的乳房。

咖啡馆里两个陌生人

弹奏手风琴

雨水正在消融冰雪。

对动物来说，自然环境和栖息地是既定的。对人类来说——尽管经验主义者坚信不渝——现实并非既定，它需要不断被寻找——我甚至想说，被**拯救**。人们总是把现实和想象对立，就好像现实总是近在咫尺，而想象则遥不可及。这种对立是错误的。事件总会到来。但是，这些事件的一致性（即人们所说的现实）就是一个富有想象力的构成。现实总是**超乎想象**，对唯物主义者和理想主义者都是如此，无论是对于柏拉图，还是对于马克思。无论人们如何解读，现实都超越了陈词滥调之屏障[1]。每种文化都会产生这样的屏障，一方面是为了促进自身的实践（建立习惯），另一方面是为了巩固自身的权力。现实不利于当权派。

现代艺术家们认为他们的创新有助于更清楚地认识现实，使现实更加显而易见。也正是在这一点上，现代艺术家和革命家有时发现他们并肩而行。他们都受到了推倒陈词滥调之屏障的启发，陈词滥调变得越来越琐碎和自以为是。

1 screen，来自柏拉图《理想国》第七卷中的“洞穴之喻”。（译者注）

然而，许多这样的艺术家已经减少了在屏障之外的发现，以匹配自己作为艺术家的才华和社会地位。在这种情况下，他们也只是从十几个艺术理论中拣出一种为自己正名。他们说：现实就是艺术。他们希望从现实中获得艺术方面的好处。在这一点上，凡·高与所有人都不一样。

从他的信中可以看出，他强烈地意识到了这种屏障。他的整个人生故事，就是对现实的无尽渴望。对他来说，色彩、地中海的气候、太阳，都是通向现实的媒介；这些本身从来都不是渴望的对象。当他感到自己根本无法挽救现实时，他遭遇的危机加剧了这种渴望。不管这些危机现在被诊断为精神分裂症还是癫痫，都不会改变什么；危机的实质不同于其病状，而是现实的幻象，会像凤凰涅槃一样吞噬自己。

人们也从他的信中知道，在他看来，没有什么比工作更神圣的了。他同时把劳动的物质现实视为一种存在（being），同时也是一种必需品、一种不公正，看作是由古至今人性的本质。艺术家的创作对他而言也是这类行为中的一种。他相信，通过工作可以更好地接近现实，因为现实本身就是一种生产形式。

他的画比文字更清楚地表明了这一点。人们所说的笨拙——他用颜料在画布上作画的姿势，他在调色板上选择和混合颜料的姿势（我们看不见，但可以想象），乃至他处理和拿捏所绘图像中各种东西的姿势，都与他所画之物的活动类似。他的画在创作时模仿了画中描绘的劳动——客观存在的劳动。

一把椅子、一张床、一双靴子，他作这些画的行为比任何画家都更接近木匠或鞋匠。他将产品的元素——腿、横杆、椅背、座椅、鞋底、鞋面、鞋舌、鞋跟——汇集在一起，仿佛将它们融合在一起，**连接**在一起，这种**结合**仿佛构成了现实。

在创作一幅风景画时，同样的过程要复杂得多，也神秘得多，但遵循着同样的原理。如果有人想象上帝用土和水，用黏土创造世界，那么上帝创造树或玉米地的方式，很可能类似凡·高画树或画玉米地时处理颜料的方式。他是人，没有什么神圣之处。然而，如果我们思考世界的创造，我们只能开玩笑似的通过此时此地力量、能量的视觉证据来想象这个行为。对于这些能量，凡·高太懂了。

当他画一棵开花的小梨树时，他在绘画中呈现出了汁液上升、蓓蕾成形、蓓蕾破裂、花朵绽放、花柱突出、柱头变得黏稠。当他作画时，这些都仿佛历历在目。当他画一条路时，在他的想象中，筑路工人就在那条路上。他画翻耕过的土地时，就仿佛自己在用锄头耕地。他的目力所及之处皆是生存之艰辛，这劳作对他来说就是现实。

当他画自己的脸时，他的命运与人生就已跃然画上，正如看手相的人相信他们可以通过掌纹通晓过去未来一样。他身边的同龄人并非我们想象的那样愚蠢，只是认为他有点特立独行而已。他情不自禁地画着，无可遏制——这种冲动超过了任何画家。

他的冲动源于何处？就是将两种生产行为——在画布上绘画和所要描绘的现实行为——无限接近。这种冲动并不是源于对艺术的某种思考，而是来自一种势不可挡的感同身受，这也是他从未想要从现实中获利的原因。

“我是如此强烈地崇拜着公牛、雄鹰和爱得如此热烈的人，这注定了我不能野心勃勃。”

在这种艺术冲动下，他不断靠近，一步步地接近现实。如此之近，以至夜空中的繁星都仿若变成了光的旋涡，柏树鲜活的树节回应着太阳和风的能量。现实将作为画家的他消融于画布中。在其余数百幅作品中，在保持完整的同时，他尽可能让看画人近距离地感受生成现实的永恒进程。

有人曾把绘画比作镜子。而凡·高的画就像是激光。

它们不是被动接受，而是主动寻觅。它们跨越空旷，展现生产行为——整个世界的生产。不停地作画是一种表达方式，带着敬畏和少许安慰：敢于走近，看它如何运转！

* * *

树木倒下后的寂静，就如同死后的缄默。就像是抵达巅峰的感觉。在那一瞬间，树的重量——透出一丝危险——与倒下时的分量相当。

相较伐木工人日常劳作和剥树皮的辛劳，这一刻非常短暂。然而，就像人们看到裸露的乳房可能会想起过去的某个人，看到树倒下的寂静场景也会让人想起死亡。

即便独自在森林里劳作的时候，也会有一种莫名的陪伴感。不同于平坦的田野、光秃秃的山坡或大草原，这些树构成了一种存在。不同种类的树木在运动与静止、主动与被动之间保持着非凡的平衡。在这种平衡与整齐的韵律中，它们的存在是显而易见的。它们能这么久地支撑屋顶则不足为奇。它们相互为伴——审慎又不漠然。它们不仅为民居，还为法院、税务局、监狱、军械库支撑起了屋顶。

它们的存在，如果说是一种相互为伴，还有失公允。

它们相互给予空间，成为一种衡量、计算的方式。早在任何数字或数学运算出现之前，当人类语言第一次为世界命名时，树木就提供了它们的度量方式——距离、高度、直径和空间。他们比任何物种都要高，根比任何物种都要深，它们凝视天空，探测大地。从它们那里诞生了柱子的概念。树木为人类提供了度量垂直距离的方式，即使在我给油锯装满汽油的今天，这一点仍堪称神奇。这是世界上最隐秘的慰藉：我们从未真正地孤独过。

黄昏中的每棵松树
栖息着鸟
及其声响
笔直、安静的
森林
对历史冷漠以待
毫无感情如石
唯有在战栗的兴奋中
重复
太阳落下的
古老故事

一天结束，他们走出森林。他们拿着锯子和水瓶，四肢几乎不听使唤，没有遮挡的光线和开阔的视野让人头晕目眩。繁重的劳动后身体疲惫不堪，让他们惊奇的是，总会有一丝微笑，仿佛是对一个眨眼示意的回应。在森林里劳作了几个小时后，映入眼帘的是脚下空旷的山谷和头顶无际的天空。每个人都顺着路走下斜坡，好像是发软的膝盖或脚上的靴子领着他们穿过草地。每个人都需要休息，他们都将重返世界，第一份礼物是小屋，第二份礼物是一张桌子和一张床。对幸运儿来说，有人同床共梦。

即使在漫长的分离之后，我们终究该在日落时从茫茫天际回到你的身边。你通过满身疲惫和重重地靠在你身上的头认出了我们，我们如此需要你。

* * *

我认识你两次，一次是我们在一起时，一次是彼此分离时。那是两个你。

当你不在我身边时，你仍然无处不在。你的存在有多种形式：无数的图像、片段、意义、已知事物、地标。然而这些因为你不在而尤其突显，弥漫开来。就好像你成为某个地方，你的轮廓就是地平线。我生活在这个地方，就好像生活在某个国度。你无处不在。但在那个国度，我永远也无法与你相见。

“告别，就是死去一点点。”（Partir, c’est mourir un peu.）当我第一次听到这句诗的时候，我还很年轻，已经明白其中的道理。我现在还记得，因为你就像是一个国度，是世界上唯一一个我永远也无法会面的国度，这有点像带着对逝者的记忆生活一样。年轻时我不知道，没有什么可以带走过去，过去围绕着一个人逐渐成长，就像垂死的胎盘。

在你的国度，我明白你的手势，熟悉你的语调，清楚你身体的每个部位。你的身体就真实存在于那里，但并不那么自由。

但当你在我面前时，你变得不可捉摸。我不知道你要做的事，只能追随你。随着你的翩然而动，我再次坠入爱河。

一天晚上，在床上，你问我最喜爱的画家。我犹豫良久，寻找不为人知却最真实的答案：卡拉瓦乔。回答完我有点吃惊。这世上有比他更高贵、视野更开阔的画家，还有我无比敬仰也值得人们仰慕的画家。但是我下意识的回答，说明我与卡拉瓦乔更近，对他感觉更亲切。

在我无比低调的画家生涯中，只有寥寥画作我可能还愿意再看，就是20世纪40年代末在意大利港口城市利沃诺（Livorno）街道上所作的那些画。当时这座城市经历战争，满目疮痍，贫穷。正是在那里，我才开始了解到穷人的聪明才智。也正是在那里，我产生了尽可能远离当权者的想法。事实证明，这种厌恶是终生的。

我和卡拉瓦乔的共鸣始于利沃诺。他是首屈一指的写实画家，描绘着普通民众——穷街陋巷的人，无套裤汉[1]，流氓无产阶级，下层社会、底层社会和黑社会。在传统的欧洲语言中，还没有语言（像他的画那样）对城市贫民既不污蔑贬损，也不颐指气使。这就是力量。

继卡拉瓦乔之后，其他画家如布鲁维尔、奥斯塔德、霍加斯、戈雅、籍里柯和古图索[2]，都描绘了同样的社会环境。但这些画家不管有多伟大，其作品都是风俗画，只

1 无套裤汉（sans-culotte）是法国大革命时期对城市平民的称呼。（编辑注）

2 阿德里安·布鲁维尔（Adriaen Brouwer，1605—1638），弗兰德斯风俗画家。阿德里安·凡·奥斯塔德（Adriaen van Ostade，1610—1685），荷兰黄金时代画家，师从哈尔斯。威廉·霍加斯（William Hogarth，1697—1764），英国著名画家、美学理论家。戈雅（Goya，1746—1828），西班牙浪漫主义画家。籍里柯（Gericault，1791—1824），法国著名画家，浪漫主义绘画的先驱。雷纳托·古图索（Renato Guttuso），20世纪意大利现实主义画家。（编辑注）

是为了向其他人展示这些人多么不幸或生活在何等危险中。但对于卡拉瓦乔来说，他不是在呈现某个场景，而是表现观看本身。他不是为别人描绘下层阶级，他也将自己的观察融入其中。

在艺术史书籍中，卡拉瓦乔被列为革新明暗对比手法的大师，也是后来伦勃朗等人所使用的光影技巧的先驱。从艺术史的角度来看，他的观察当然可以称得上是欧洲艺术发展的重要一步。卡拉瓦乔于是成为反宗教改革的高雅艺术与荷兰本国新兴资产阶级的艺术之间的桥梁，这种连接创造了新的空间——黑暗和光明对比的空间。（对罗马和阿姆斯特丹的艺术家而言，指责已成家常便饭。）

卡拉瓦乔其实是个名叫米开朗琪罗的男孩，他出生在贝加莫市（Bergamo）附近的一个村子里，离我的一个意大利木版雕刻师朋友的住所不远。他脑中和眼中的光与影，有着深刻的个人意义，与其欲望和生存本能纠缠在一起。正是通过这一点，而非通过艺术史逻辑，他的艺术与下层社会联系在一起。

他用明暗对比的手法驱散日光，认为阴影就像四堵墙和屋顶一样提供了庇护。无论画什么，在哪里画，他都只在室内作画。在画作《逃往埃及路上的休息》（*Rest on the*

卡拉瓦乔《逃往埃及路上的休息》，1597 年，藏于罗马多利亚潘菲利美术馆

Flight into Egypt）或是他心爱的《施洗者约翰》（*John the Baptists*）中，他不得不在背景中添加一道风景。但这些风景就像挂在院子里的地毯或窗帘一样。他只有在家里——不，哪里也不行——只有在“屋里”才感觉比较自在。

画面的黑暗中弥漫着烛光、熟透的甜瓜和准备第二天晾晒的湿衣服的味道，这黑暗存在于楼梯间、赌场的角落、廉价的住所、突然的邂逅中。希望不在于黑暗中会闪耀光芒，而在于黑暗本身。虽然黑暗所提供的庇护只是相对的，但是这种明暗对比生动地揭示了暴力、痛苦、渴望和死亡。连同日光一起被去除的还有距离与孤独，这两样都是底层民众所恐惧的。

那些生活不稳定、习惯拥挤生活的人会对开放空间有恐惧心理，这种恐惧抚平了空间和隐私的缺失所带来的沮丧。他也经历过同样的恐惧。

《圣马太蒙召》（*The Calling of St. Matthew*）描绘了五个人围坐在平日的桌子旁，讲故事、闲聊、吹牛、数钱的场景。房间里灯光昏暗。突然，门被猛地推开。两人进来时，屋内依然喧哗着，光线射入屋内。（美国艺术评论家贝伦森写道，其中一人就是耶稣，他像警察抓捕犯人一样推门而入。）

卡拉瓦乔《圣马太蒙召》，1598—1601 年，藏于罗马圣王路易堂

马太的两个同伴不愿抬头，另外两个年轻的同伴好奇又不屑地盯着陌生人。他为什么说疯话？谁罩着他，是那个一直说话的瘦子吗？税务官马太心思狡诈，比他的大多数同伴更不讲理，指着自己问：难道我必须去吗？真得跟着你们走吗？

千千万万次离开的决定，就像耶稣这只手！这只手伸向了必须做出决定的那个人，但是手软塌塌的，让人有些琢磨不透。它指出了方向，却没有给出直接的鼓励。马太会站起来，跟着那个瘦弱的陌生人走出房间，穿过狭窄的街道，走出这个地方。他会写出《马太福音》，到埃塞俄比亚、里海南部和波斯传教，他也许会被杀害。

这决定时刻的戏剧场面背后，房间顶端有一扇窗户，通向外面的世界。传统的绘画中，窗户要么被视为光源，要么被看作是透视外部自然环境或典型事件的框架。但这幅画中的窗户并非如此，窗户不透光，没有光线进来。窗外我们什么也看不到。幸好我们什么也看不到，因为外面肯定危机四伏。这是一扇只能传来坏消息的窗户。

卡拉瓦乔是一位异端画家——教会因为作品题材拒绝或批判他的作品，尽管其中有些人也曾为他辩护。他把宗教主题转换成世俗悲剧。有人说，卡拉瓦乔画《圣母之死》

卡拉瓦乔《圣母之死》，1601—1606 年，藏于巴黎卢浮宫

（*The Death of the Virgin*）时，以溺死的妓女为模特——这只说出了事实的一半——更重要的是，画中死去女人的摆放样式，是穷人安葬死者的方式，哀悼的方式也都是穷人作派。身为穷人，仍在哀悼。

> 马里内拉（Marinella）和塞利农特（Selinunte）都没有墓地，有人去世，我们就把他拉到车站，送到卡斯特韦特拉诺（Castelvetrano）[1]。我们这些渔夫聚在一起，向家属表示问候："他是个好人。他死了真是个损失，他本来还可以活好多年。"然后我们去港口做生意，但我们会一直谈论死者，整整三天都不出去打鱼。亲戚朋友们至少会为哀悼者们提供一周的食物。[2]

这一时期，矫饰主义画家创作了人物众多的混乱场景，但表达的精神大相径庭。人群被视作灾难的象征——就像火灾或洪水——表现出人间地狱的气氛。观者处于特殊的位置，看到的是一个宇宙般的剧院。相比之下，卡拉瓦乔

---

1 三地均位于意大利西西里岛西南岸。（编辑注）

2 引自 Danilo Dolci, *Sicilian Lives*（New York: Pantheon Books, 1981）, p. 209。由 Justin Vitiello 译为英文。（作者注）

的画面紧凑，只有一些人在狭小空间里挤在一起。

底层社会充满了剧院，但绝对没有宏大的视觉效果，也和统治阶级的玩乐无关。底层社会的剧院中，日常上演的是贴近生活而有力的戏剧。正在进行的表演，随时会成为现实。没有受保护的空间，也不关注等级趣味。卡拉瓦乔不断受到批评，正是因为他在画中一视同仁，作品整体充满紧张感，与生活缺乏适当的距离。

底层社会默默展现自己的故事。这是其社会氛围与深层需求表达之间的矛盾。它有英雄和恶棍，有荣誉和耻辱，通过传说、故事、日常表演将其歌颂。日常表演有点像丰功伟绩的排演。它们是一时冲动创造出来的场景，人们在其中尽情表现自我。如果没有这些“表演”，底层社会的道德规范和荣誉将面临被遗忘的危险，或者说，负面评价和周围社会的谴责就会迅速蔓延。

底层社会的生存与骄傲有赖于剧院，在剧院中，每个人都在浮夸地表演和证明着自己。然而，在那里，一个人的生存很可能取决于他的低调蛰伏或不受瞩目。随之而来的紧迫感产生了一种急于表达的特别诉求。于是，手势翻飞，无处不在，一生的欲望可以寄于一瞥。这就相当于另一种拥挤和密集。

卡拉瓦乔是底层社会的画家，同时是一位描绘性欲的出色画家。同时期的画家——大多数异性恋画家就像是皮条客，为了观众而扒光了他们的“理想”。然而，卡拉瓦乔的眼睛只盯着他想要的东西。

欲望彻底转变了它的特征。通常，当性欲被唤醒的时候，这种感觉就是一种占有的欲望。触摸的欲望，在某种程度上，就是动手去碰触的欲望。后来，这样的欲望变成了一种希望被占有的欲望，变成了在欲望中迷失自我。在这两个对立的时刻里，产生了一种欲望的辩证；这两个时刻都适用于两性，而且模糊不定。显然，第二个时刻，即渴望迷失自我，是最令人沮丧、绝望的，也是卡拉瓦乔在许多画作中选择（或被迫）描绘的场景。

他笔下人物的姿态——被赋予名义上的主题——有时带有暧昧的性意味。一个六岁的孩子用手指着圣母的胸衣，圣母的手暗中抚摸着他衬衫下的大腿。一位天使抚摸着圣马太的手背，就像一个妓女在抚摸一位年长的顾客。年轻的施洗约翰把羊的前腿夹在两腿之间，羊腿看上去好像是一根阴茎。

卡拉瓦乔画的每一个触摸动作几乎都有性暗示。即使两种不同材质的物体（毛皮和皮肤、碎布和头发、金属和血液）接触，也会变成一种触摸行为。在他的画中，丘比特翼尖的羽毛好似情人之手触摸着自己的大腿。丘比特控制着自己，不让自己颤抖。这是他故意模棱两可，是半嘲弄半承认的引诱。我想起了伟大的希腊现代诗人卡瓦菲斯（Cavafy）：

我们相爱了一个月
然后他离开了，我想是去了士麦那（Smyrna），
去那里工作；从此我们再没见过。

那灰色的眼睛——如果他还活着——已经美丽不再；
那漂亮的脸庞终将老去。

哦记忆，记住它们曾经的样子。
还有，记忆，无论你能从那份爱中抢救什么
只要你能够，就请今夜带回。[1]

有一种特殊的面部表情，只存在于卡拉瓦乔的绘画中。

---

1 引自 *Poems by C. P. Cavafy*（London: Hogarth Press, 1971），p. 79。由 John Mavrogordato 译为英文。（作者注）

如在《朱迪思斩杀荷罗孚尼》中朱迪思的面部表情,《被蜥蜴咬中的男孩》中男孩的面部表情，纳西索斯凝视河水的面部表情，大卫抓起歌利亚头发时的表情(《手提歌利亚头的大卫》)。这些神情是专注的，有力又脆弱，决绝又悲悯。但这些词都太正式了。应该说我曾在动物的脸上看到过类似的表情——在它们交配前和被杀前。

用“施虐与受虐”(sado-masochistic)术语来描述会有些荒谬。这不仅仅是个人偏好。如果说这种表情在快乐和痛苦、激情和勉强之间摇摆，那是因为性的体验本身就包含这些矛盾的情绪。性是最初的统一性被摧毁、被分离的结果。而且，在这个世界上，与其他事物相比，性只是带来短暂的圆满。它轻抚爱意，以抗拒原始的粗暴。

他画的面孔被这样的认知照亮，如伤口一样深刻。它们是堕落者的面孔——这些人带着只有堕落者才知晓存在的真诚，献身欲望。

在欲望中迷失自我，卡拉瓦乔是如何通过描绘身体来表达这一点的？两个年轻人，半遮半掩或者半裸。虽然很年轻，但身体有沧桑的痕迹：沾上污渍的手，已经发福的大腿，磨损的脚，还有经历了出生、成长、出汗、喘息、夜晚失眠的躯干(乳头像眼睛一样)。这并不是完美的身

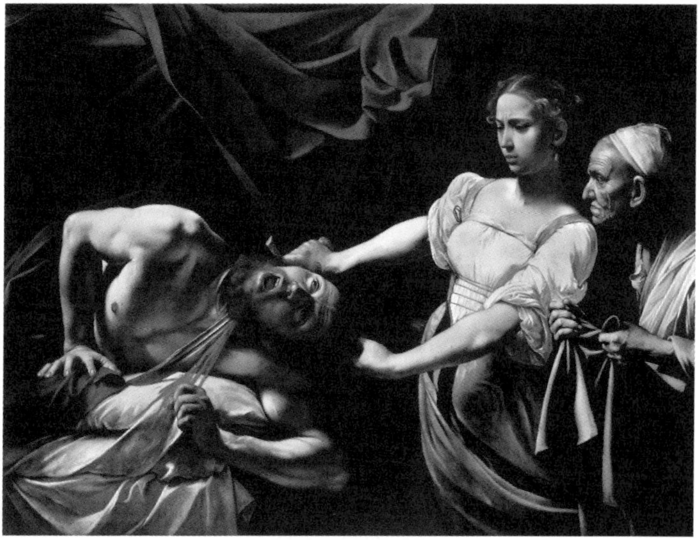

卡拉瓦乔《朱迪思斩杀荷罗孚尼》，1598—1599 年，藏于罗马国家古代美术馆

卡拉瓦乔《被蜥蜴咬中的男孩》，1595 年，藏于英国国家美术馆

卡拉瓦乔《纳西索斯》，1599 年，藏于罗马国家古代美术馆

卡拉瓦乔《手提歌利亚头的大卫》，1605—1606 年，藏于罗马博尔盖塞美术馆

体。他们的身体不是纯洁无瑕，而是历经风雨。

这意味着人们可以感知他们；透过他们的皮肤可以看到另一个世界。满怀渴望的躯体不是梦想的目的地，而是出发点。他们的外表本身就有着最陌生、最肉欲的暗示意味。卡拉瓦乔，画着他们，梦着他们的深深蕴意。

正如人们所料，在卡拉瓦乔画作中没有什么值钱的东西，只有一些工具和容器，椅子和桌子。人物周围几乎没有什么特别的东西，身体在黑暗中泛着光。忽略那些客观环境，比如窗外的世界。黑暗中显露出渴望之躯，而这黑暗并不是白天或黑夜等时间意义上的，而是关乎这个星球上的生命。这渴望之躯，像幽灵一样泛着光，预示着肌肤后的世界，不是以挑逗的姿态，而是通过不加掩饰的真实感觉，呼唤你离开。人物的脸上有一种比引诱意味更深的表情，因为这表情包含着对自我、对残酷世界、对庇护之所、对天赋——同床共枕——的体认。此时。此地。

分离

Separation

我们带着流浪的语言

我们带着不可救药的口音

还有称呼牛奶的另一个词

我们这样的人坐火车而来

在月台上拥抱

我们和我们的货车车厢

我们这样的人把我们缺席时的声音

装在卧室墙上的相框里

我们这样的人分享一切

和一无所有——

这一无所有我们也一分为二

用唯一的瓶子，
狼吞虎咽地饮尽
我们这样的人由布谷鸟
教会数数，
用什么货币
他们已经改变了我们的歌声？
是什么在我们的单人床上
我们是否懂得诗歌？

我们是礼物的专家
无论是精心包装的
还是偷偷留下的。
离开之前我们藏起我们的眼睛我们的脚我们的背。
我们只带上能装上行李架的东西。
我们把眼睛留在
窗框和镜子里
我们把脚留在
床边的地毯上
我们把背留在
在墙上的灰泥里

把门留在铰链上。
门在我们身后关闭
马车轮发出声响。

我们也是获取的专家。
我们用我们的纪念日获取
指甲的形状
孩子睡觉的宁静
你的芹菜的味道
还有牛奶这个词。
是什么在我们的单人床上
我们是否懂得诗歌?

单行线、交叉路口和
铁路调车场
向我们大声呼喊。
没有诗歌长过
我们走过的路。
我们就像马贩子一样知道如何
通过马嘴知道它走过的路

通过牙齿判断它吃过的苦。

骑骡子，步行
乘飞机和卡车
在我们心中
我们背负一切，
收获，棺材，水，
石油，氢气，马路，
盛开的紫丁香
和铲进坟墓的泥土。

我们带着异国的坏消息
还有称呼牛奶的另一个词
是什么在我们的单人床上
我们是否懂得诗歌？

熟知如接生婆
我们知道女人如何怀孕
以及生产，
了解如学者

我们知道是什么让一种语言颤抖。

我们的货物。
把已经分开的东西聚在一起
让语言颤抖。
穿过千年，穿过村庄的街道
穿过苔原和森林
过桥告别
走向我们的孩子所在的城市
必须背负一切。

我们自身就包含诗歌
恰如这世界的载牛卡车
载着牛。
很快在铁路侧线
他们就将开闸把它们放下。

爱的反面不是恨，而是分别。如果爱和恨有共性的话，也是因为，在两种情况下，爱与被爱者、恨与被恨者，双方的能量将彼此紧紧联系在一起。爱与恨都受到离别的考验。

空间及其产生的分离一旦成为存在的状态，爱就要与分离一争轩轾。爱要缩短一切距离。死亡亦是如此。然而爱是独一无二的，不可复制，死亡则摧毁所有。

假设宇宙正在膨胀，它的最大直径，即可能延伸的极限为 250 亿光年（1 光年约等于 94605 亿千米）。

因为用术语表达，这种扩张超出了我们的想象。这是一种双重的分离：陈述上的和数值的孤立。

在其他地方——我们的心中——我们知道这样的命题：产生空间的是引力和斥力、延伸与聚集的相互作用。这就是为何在每一种语言中，常常用星星比喻爱情。这也是为什么宇宙学总能归结到性的话题上。

现代物理学中有“宇宙蛋”的假设。物理学家伽莫夫（Gamow）早先提出构成化学元素的原始物质“伊伦”（ylem，这个词已废弃），其中一立方厘米的物质重量可达一万亿千克，其他物质都是从“伊伦”中诞生。大多数创世神话都是依据这个主题，只是名称变了而已。

很久之前，大地和天空同为一体，众物未生，万事混沌。为了世界形成和万物繁衍，大地和天空必须分开。

爱的目的是拉近所有的距离。如果没有离别和距离，相爱的的两人将不再存在。在空间和爱之间，首先就存在相斥——这种相斥存在于创世之初。

所有关于起源的理论不是幼稚就是让人绝望，从《创世记》到达尔文。也许大家对于它们的目的仍然存在误解。所有的起源都是无法追溯到的——从个体而言，人不可能想象出受孕之前的自己。各种物种起源论试图解释我们与周围显而易见的宇宙能量之间持续存在的关系。通过借助或否定万象玄妙的宇宙之能，集聚的意识之能不间断地定义自身。对宇宙星空的质询都事关于此，每一种起源论都不过是虚构的故事，用以描述生存于世的体验，说明已经存在的事实。

开始是造物主。接下来如果有什么故事的话，那就是部署、扩张、空间、分离。然后出现的是我的妻子（Ma femme）。

他把头埋在她的两腿之间。有多少男人这样做过？有多少女人，把手放在他们的头上，若有所思地笑着，想到了分娩？这里的一切都是重演，这里的一切都是回归。家就是去往无问远近之地的归途。

梦想

Dream

在大地的一个口袋里
我埋下我母语的
所有口音

它们躺在那里
就像蚂蚁收集的
松针

有一天另一个流浪者
蹒跚的叫喊
就能将它们点燃

接下来是温暖而慰藉的

他将整夜听着

摇篮曲般的真理

在铁路建成之前，人们梦想中类似车站的地方是哪里？也许是在悬崖、水井，或者是铁匠铺旁边？就像一辆电车或巴士，这个问题也是接近火车站的一种方式。

在所有19世纪的建筑中，主干线的火车站是最能展现历史古韵的地方。证券交易所、银行、酒店、剧院、法院都只是代表了表面而已，换言之，它们的存在已是过去实现的梦想。火车站——无论装饰奢华与否——都特别显眼。之所以如此，是因为它是个迎来送往的地方，没什么事情能抹杀“来”和“去”的重要性。来来往往。邂逅与分别。梦想欣然接受火车站，因为它已是如此熟悉。“搬运工”（porter）在希腊语中就是一个**比喻**，这也提醒我们，运输、分配和递送的行为是多么深刻地存在于想象之中。

海港比铁路干线上的火车站更温和，尽管涉及的路程通常更长，但海洋不像铁轨那样只为了运输这唯一的目的事先铺设好。机场则太彬彬有礼，在机场，现实总是隔了一层。

在火车站，亲密与疏远共存。结局已定。列车按照既定的时刻表运行。路线不可阻挡。但对于每一位乘客或每一位迎来送往的人来说，每趟列车都有所预示。从人们的脸上，行李的细节中，以及站台上迎接或分离之人的拥抱中，都可以清楚地找到这些预兆。

在那个晚春的下午，车站清冷。我是唯一一个单臂抓住栏杆翻过去的人，等待火车进站。火车经过，我看到车厢里的人们簇拥在门口，迫不及待地想要跳下车。

第一批中有一些是西班牙人，他们外出务工的亲戚已经在城市扎根。他们的孩子被留在站台上，看上去没有父母那样困惑，对孩子来说，一个城市和另一个城市其实大同小异，既不陌生也不熟悉。后面的车厢里，一个男人带着两只阿尔萨斯狗下了车。火车头脱钩后开走了，只留下车厢原地不动。

就在那一刻，我看见你出现在站台的尽头。你穿着长裤。在搁浅的火车旁的长长的站台上，在傍晚的大裂谷漫射的白光中，你显得异常渺小。你出现后一切都变了。从铁轨下的过道到日落，从火车时刻表上的阿拉伯数字到栖息在屋顶上的海鸥，从白昼里看不见的星星到我口中咖啡的味道，一切都变了。这个由命运和偶然性构成的世界，早在我出生之前，就变得像一个房间。我就是家之所在。

你和其他乘客一样排队，依次向边防警察出示证件。移民官上下打量你，仔细看了你护照上的旧照片，寻找两张脸庞相似的痕迹。最后他点点头，你张开双臂走向我。

在车站卖报纸的那个人看来，我还是那个半小时前买报纸的头发灰白的外国人。他看不出有什么不同，只知道那时我独自一人，而现在的我身边有一个女人，她头上裹着头巾，操着不同的口音。

* * *

苹果树在咆哮
我头上的蜂蜇肿块
宣示蜂群的怒火
住手，我的蜂蜜，你的甜蜜。

天空正在将它的大拇指压进
我的眼睛
它的星群正在逃离
住手，我的挚爱，你的温存。

无尽的雨
像沙子一般渴念着群山
为我铺床
住手，我的宝贝，你的爱人。

* * *

在 18 世纪和 19 世纪，人们大多用散文来抗议社会不公。他们相信，思辨的洗礼可以让人明理，历史最终将站在理性一边。如今却并非如此。结论并不意味着一定是结果。现在和过去经历的苦难并不能换来未来的普天欢喜。罪恶已在现实中根深蒂固。所有的一切都意味着解决问题——接受生命被赋予的意义——刻不容缓。未来不可信，真相就在此刻。人们会越来越多地运用诗歌而不是散文接受现实。散文远比诗歌更有**说服力**，但诗歌却能表达眼前的伤痛。

语言的长处不在于亲和，而在于其所有的一切都准确无误，不失公允，用词中性，即便亲昵的表达也是如此：用法就是一切。语言的长处在于它**潜在**的完整性，可能包含了记录人类经验的词汇——包括已发生和可能发生的事情。它甚至为那些无法形容的事情留出了空间。从这个意义上说，语言是人类唯一的家园，唯一对人类友好的居所。对于散文而言，这个家地域辽阔，是个铁轨、小径、高速公路网络纵横的国家；对于诗歌而言，这个家有唯一的中心，发出一种声音，发声和回音同时产生。

一个人可以用语言做任何表达。这就是为什么说语言是一个倾听者，比沉默或上帝更靠近我们。然而它的开放意味着中立。（语言的中立性体现在公告、法律记录、公报、档案中。）诗歌运用接近中立的语言，激发人们的情怀。那诗歌如何激发这种情怀？什么是诗歌的劳作？

我指的劳作不是写一首诗要花多少功夫，而是指写出来的诗本身。每一首真正的诗都有助于诗歌的劳作。这种永不停歇的劳作，其目标就是把生活分离的东西和暴力撕裂的东西拼合到一起。身体上的疼痛只有通过治疗行为才可以减轻或消除。人类其他的痛苦都是由某种形式的分离引起的。此时缓和的行为就不那么直接有效了。诗歌不能弥补失去，却可以使空间的分离变得不可能，其方法就是通过诗歌持续不断的劳作，将分散的东西整合起来。三千五百年前，一位埃及诗人写道：

哦我的爱人

走下来

在池中沐浴

多么甜蜜

就在你眼前

让你看看

湿透的亚麻连衣裙

多么贴合

我的曼妙身躯

过来，看着我。

诗歌善于使用隐喻来发掘事物的相似之处，并不是为了进行比较（所有的比较都带有等级性），也不是为了弱化事件的特殊性，而是为了用所有的共性来证明不可分割的整体性的存在。诗歌整体的魅力与抒情诗相反。抒情诗是可以另当别论的例外。

诗歌除了通过隐喻，还可以通过范围**延伸**进行重新组合。它把感觉的范围视为宇宙的范围；到达某个点后，所涉及的极限类型变得不那么重要，此时重要的是它的程度。“极限”仅仅通过“程度”联结。安娜·阿赫玛托娃（Anna

Akhmatova）有诗云：

我和你一样承受
黑暗无尽的分离。
你为什么哭泣？宁愿你把手给我，
答应梦中再会。
你我如同一座悲伤的山。
你我永远不会在这个地球上相遇。
除非你在午夜送来
穿过星辰的致意。[1]

混淆主观和客观就是回到了经验论，经验论并不适用于当下苦难的程度；奇怪的是，经验论却索要不正当的特权。

诗歌使语言产生共鸣，因为它将一切密切联系。这种紧密联系是诗歌创作的成果，是行为、事物、事件和观点结合在一起的成果。没有什么比这种共鸣更重要，能让人寻得一隅以对抗这世界的残酷和冷漠。

---

1 引自 Daniel Weissbort，ed.，*Post-War Russian Poetry*（New York：Penguin Books，1974），p. 103。由 Richard McKane 译为英文。（作者注）

痛苦从何处找到我们?

他从何处来?

他一直是我们的远古时代

幻觉的兄弟

是我们韵脚的向导。[1]

这首诗出自伊拉克诗人娜齐克·阿尔–马莱卡（Nazik al-Malaika）。

要打破笼罩事件的沉默，说出经历，不管那如何痛苦、如何撕心裂肺，诉诸文字，就是希望人们可以听到这些话，会对事件有所评判。这种希望当然是祈祷的源起，而祈祷一如劳作，都有可能是述说的源起。在语言的所有形式中，诗歌最能纯粹地保留关于源起的记忆。

每一首诗都是原创。原创有两层含义：它意味着回到最初，即引发后续之起初；它还意味着过去不曾发生。在诗歌中，也仅在诗歌中，两种含义共同存在并不矛盾。

然而诗歌并不是简单的祈祷。即使是一首宗教诗，

1 引自 Issa J. Boullata，ed., *Modern Arab Poets: 1950—1975*（Washington, D. C.: Three Continents，1976）。由 Issa J. Boullata 译为英文。（作者注）

也不是仅仅写给上帝。诗歌向语言本身诉说。在哀歌中，文字向语言哀悼失去。诗歌以一种可比较但又更广泛的方式向语言诉说。

用语言来表达，就是希望人们听到这些话语，对所描述的事件有所判断。接受上帝的审判或历史的审判，听起来都有些遥远。但是语言是即时表达，甚至有时被错误地认为只是一种手段，当语言以诗歌形式表达时，它一如既往而又神秘地呈现出它自己的判断。这种判断不同于任何道德准则，然而在它承认所听到的范围内，它一定区分善恶——就好像语言本身就是为了保持这种区别而创造的！

* * *

我们在一个朋友家里醒来，他家有一架钢琴。我们睡在地板的床垫上，钢琴就在我们房间下面。屋里两个小孩上学前在练习四手联弹钢琴曲。他们有时弹得不熟练，就重弹那一段。

假如我们活在 18 世纪，当问题像花园的门一样可以随意打开，我可能会问你：你还记得吗？但在这个世态炎凉的社会里，我们都懒得问些不必要的问题；相反，我们需要确定性来捍卫自我。我想你知道。

两个孩子专心、轻柔地弹奏，房间里充满了音乐的旋律。你背靠着我躺着，我双手握着你的乳房。我们俩都心静如水。听得有点入神——就像一个人盯着酒店房间里的墙纸，可实际上都没有真正瞅上一眼一样。在孩子们上学前轻快演奏的音乐声中醒来，是我们从未有过的亲密。我的心在离家前就已被唤醒。

代尔夫特的景色

A view of Delft

在那个镇上，

那个越过水面

便一览无余之地

那个砖块像麻雀一样被珍惜之所，

在那个宛如一封被人在港口

一读再读的家书的镇上，

在那个贴着瓷砖的图书馆

被冠以死时债务缠身的约翰内斯·维米尔

之名的镇上，

在河对岸的那个镇上

死者接受统计

没有空房间

因为他的凝视占据了所有空房间，

那里天空正在守候

新生降临的消息，

在即将离开它的人们的眼中

流淌着眷恋的镇上，

那里

在清晨的两声钟鸣之间，

当鱼在广场上出售

墙上的地图

显示海洋的深度之时，

在那个镇上

我正在准备着迎接你的到来。

最能让我对自己的死亡有共鸣的，是这样的地方：你我的遗骸在那里一起被埋葬，一起被丢弃，一起被发现。它们杂乱地散落在那里。你的一根肋骨靠在我的头骨上。我左手的掌骨在你的骨盆里。（倚着我折断的肋骨，你的胸脯像一朵花。）我们脚上的上百块骨头像碎石般散落。奇怪的是，这幅近在咫尺的画面，仅仅是关于磷酸钙的想象，却传递出一种平和安详。事实也确实如此。和你在一起，我就可以想象，一个满是磷酸钙的地方已足够。

附录　诗句原文

［第 3 页］

When I open my wallet
to show my papers
pay money
or check the time of a train
I look at your face.

The flower's pollen
is older than the mountains
Aravis is young
as mountains go.

The flower's ovules
will be seeding still
when Aravis then aged
is no more than a hill.

The flower in the heart's
wallet, the force
of what lives us
outliving the mountain.

And our faces, my heart, brief as photos.

[第 11 页]

What astounds cannot be
the remnant of what
has been.
Tomorrow still blind
advances slowly.
Sight and light
race towards each other,
and from their embrace
is born the day,
eyes open

tall as a foal.

Murmuring river
clasps the mist
for a moment more.
The peaks are signing on
the sky.
Stop and hear
the milking machines
designed to suck like calves.
In the first heat
the forested hills calculate
their steepness.
The lorry driver is taking the road
to the pass which leads
surprisingly
with its own familiarity
to another homeland.
Soon the grass will be
warmer
than the cows' horns.
The astounding comes
towards us
outrider of death and birth.

[第 17 页]

The pulse of the dead
    as interminably
constant as the silence
which pockets the thrush.

The eyes of the dead
    inscribed on our palms
as we walk on this earth
which pockets the thrush.

[第 23 页]

Sometimes, I'd like to write a book
A book all about time
About how it doesn't exist,
How the past and the future
Are one continuous present.
I think that all people — those living,
    those who have lived
And those who are still to live — are alive now.
I should like to take that subject to pieces,
Like a soldier dismantling his rifle.

(Yevgeny Vinokurov)

[第 32 页]

A necklace hangs loose across her breasts,
And between them lingers —
        yet is it a lingering
and not an incessant arrival? —
the perfume of forever.
A perfume as old as sleep,
as familiar to the living as to the dead.

[第 37 页]

A sailor receives a letter
from a thousand versts away.
His wife has written
that in their house
beyond the cliffs
she is happy.

And this is of her letter
during evenings with girls
in untranslatable ports,

through the sea of the months
persuades the cursing sailor
that his never-ending voyage
will end.

[第 43 页]

My heart born naked
was swaddled in lullabies.
Later alone it wore
poems for clothes.
Like a shirt
I carried on my back
the poetry I had read.

So I lived for half a century
until wordlessly we met.

From my shirt on the back of the chair
I learn tonight
how many years
of learning by heart
I waited for you.

[第 48 页]

Perhaps at the beginning
time and the visible,
twin makers of distance,
arrived together,
drunk
battering on the door
just before dawn.

The first light sobered them,
and examining the day,
they spoke
of the far, the past, the invisible.
They spoke of the horizons
surrounding everything
which had not yet disappeared.

[第 55 页]

The Adams and Eves
continually expelled
and with what tenacity
returning at night!

Before,
when the two of them
did not count
and there were no months
no births and no music
their fingers were unnumbered.

Before,
when the two of them did not count
did they feel
a prickling behind the eyes
a thirst in the throat
for something other than
the perfume of infinite flowers
and the breath of immortal animals?
In their untrembling sleep
did the tips of their tongues
seek the bud of another taste
which was mortal and sweating?

Did they envy the longing
of those to come after the Fall?

Women and men still return

to live through the night
all that uncounted time.

And with the punctuality
of the first firing squad
the expulsion is at dawn.

[第 58 页]

A singer may be innocent
never the song. With its instantaneous eyes
opened on to the world
and its heart laid bare,
the song is brazen,
the song is newborn.
Only when it has quietened
can listeners resume by habit
the innocence of their age.

[第 62 页]

On your island
does the night fall later?
Am I walking a little ahead of you

so that no snake will bite
your sandalled foot?

The balance is never made.
This is why the stars are silent
offering no account.

How to measure
a season
against
the calendar of your absence?

How to measure
the stream
of my tangled light
in the mountain
of what has been
and will be?

The balance is never made.

Yet in the night your eyes and mine
sounding one another
show no trace of vertigo.

[第 67 页]

You have filled the thermos with coffee
packed our footprints if needed
to throw into the jaws
    of the untestifying
        eternal snow.

Together as carpenters with hammers
we have taught the distance
how to build a roof
    from the trees
        we run between.

In the silence behind
we no more hear the faraway
question of the summer house:
    And tomorrow where
        shall we go?

At dusk the harnessed dogs fear
there is no end to the forest.
And each night in the snow
    we calm them

with our surprising laughter.

[第 78 页]

1. Village

I tell you
all houses
are holes in an arse of stone

we eat off coffin lids

between evening star
and milk in a bucket
is nothing

the churn is emptied
twice a day

cast us
steaming
on the fields.

2. Earth

the purple scalp of the earth
combed in autumn
        and times of famine

the metal bones of the earth
        extracted by hand

the church above the earth
        Arms of our clock crucified

all is taken

3. Leaving

pain
cannot

endure long enough

tracks vanish
under snow
the white embrace

of leaving

I have tried to write the truth on trains

without an ear
the tongue takes fright
clings to a single word

the train is crossing a bridge
black ice collects
on each letter
S A V A
my river

4. Metropolis

the edge of moonlight
sharp
like the level
        of water in a canal

and the locks of reason
at dawn
when the level of the dark

is brought down
        to that of the light

accept the dark
massed black
zone of blindness
accept it eyes

but here the dark
has been stolen in a sack
weighted down with a pebble
and drowned

there is no longer any dark

5. Factory

here
it is dawn eternally
hour of awakening
hour of revolutionary prophecy
hour of the embers dead
time of the days work
without end

there we built the night
as we lit the fire
lay down in it
pulled up the dark as blanket

near fields were
the breath of animals asleep
quiet as the earth
warm as the fire

cold is the pain of believing
warmth will never return

here
night is time forgotten
eternal dawn
and in the cold I dream
    of how the pine
    burnt
    like a dog's tongue
    behind its teeth

6. Waterfront

all night Hudson
coughs in bed

I try to seep

my country
is a hide nailed to wood

the wind of my soul rushes

out of horizons
I make a hammock

in seep
I suck birth village
touch my river's curve

two black mackerel
pilot in
Daybreak

gaff them sky gaff them

7. Absence

when the sun was no higher than the grass
jewels hung in the trees
and the terraces turned rose
between fluorescent lights along the ringroad
apartments hang their pietàs

they are frying potatoes
a factory discharges its hands in woollen gloves
there is a hole in my thumb

the vines are not green
the vines are not here
the jewels
crushed in high voltage wires
will be worn by the dead
DANGER DE MORT

8. A Forest I Knew

let me die like this

the branches have muscles

hills get up
the cloud pours
into a cup

in the forest wild boar
have eaten
are warm
and sleepy

each clearing is recorded
on a screen I carry
rolled like a cloth
in my head

a sheet
pulled over
the eyes of the dead
keeps out the look of the world
on the cloth
unrolled
I follow their spoor
in the forest I knew.

［第 90 页］

The sky is blue black
starlings unfold their wings
quit their pediments
to write a letter
returned.
The setting sun
fills teeth with gold.
Like a shred of meat
I'm lodged in this town.

［第 94 页］

Lightning the scythe
is cutting down the rain.
Swathes of water
fall like the clothes
— o the great coats for parting
  the great great coats
  that never returned!
fall like the clothes
of the far away
on the sky's empty field.

And in the grass of this rain
flowers
which grew with the strength of rivers
— o the pockets of the ferryman
   packed with the letters
   silences and promised numbers
   of those who left!
which grew with the strength of rivers
into estuaries.

Each flower began
in the palm of a hand,
each petal
in origin
a gesture an action
a touching.

Put your garden to my cheek
your five fingered garden
in another city
to my cheek.

The haycart
loaded with thunder

is trundling across the sky

[第 100 页]

The mountains are pitiless
the rain is melting the snow
it will freeze again.

In the café two strangers
play the accordion
and a roomful of men are singing.

Tunes are filling
the sacks of the heart
the troughs of eyes.

Words are filling
the stalls
which bellow between the ears.

Music shaves the jowls
loosens the joints,
the only cure for rheumatism.

Music cleans the nails
softens the hands
scours the calluses.

A roomful of men,
come from drenched cattle
diesel oil, the eternal shovel,

are caressing
the air of a love song
with sweetened hands.

Mine have left my wrists
and are crossing the mountains
to find your breasts.

In the café two strangers
play the accordion
the rain is melting the snow.

[第 108 页]

Each pine at dusk
lodges the bird

of its voice
perpendicular and sill
the forest
indifferent to history
tearless as stone
repeats
in tremulous excitement
the ancient story
of the sun going down

［第 121 页］

For a month we loved each other
Then he went away, I think to Smyrna,
To work there; we never saw each other again.

The grey eyes — if he lives — have lost their beauty;
The beautiful face will have been spoiled.

O Memory, preserve them as they were.
And, Memory, all you can of this love of mine
Whatever you can bring back to me tonight.
（Cavafy）

[第 127 页]

We with our vagrant language
we with our incorrigible accents
and another word for milk
we who come by train
and embrace on platforms
we and our wagons
we whose voice in our absence
is framed on a bedroom wall
we who share everything
and nothing —
this nothing which we break in two
and wash down with a gulp
from the only bottle,
we whom the cuckoo
taught to count,
into what currency
have they changed our singing?
What in our single beds
do we know of poetry?

We are experts in presents
both wrapped ones

and the others left surreptitiously.
Before leaving we hide our eyes our feet our backs.
What we take is for the luggage rack.
We leave our eyes behind
in the window frames and mirrors
our feet behind
on the carpet by the bed
our backs
in the mortar of the walls
and the doors hung on their hinges.
The door closed behind us
and the noise of the wagon wheels.

We are experts too in taking.
We take with us anniversaries
the shape of a fingernail
the silence of the child asleep
the taste of your celery
and the word for milk.
What in our single beds
do we know of poetry?

Single track, junction and
marshalling yards

read out loud to us.
No poem has longer lines
than those we have taken.
Like horsedealers we know how
to look a distance in the mouth
and judge its pain by its teeth.

With mules, on foot
by airliners and lorries
in our hearts
we carry everything,
harvests, coffins, water,
oil, hydrogen, roads,
flowering lilac and
the earth thrown into the mass grave.

We with our bad foreign news
and another word for milk
what in our single beds
do we know of poetry?

We know as well as the midwives
how women carry children
and give birth,

we know as well as the scholars
what makes a language quiver.

Our freight.
The bringing together of what has been parted
makes a language quiver.
Across millennia and the village street
through tundra and forests
by farewells and bridges
towards the city of our child
everything must be carried.

We contain poetry
as the cattle trucks of the world
carry cattle.
Soon in the sidings
they will sluice them down.

[第 135 页]

In a pocket of earth
I buried all the accents
of my mother tongue

there they lie
like needles of pine
assembled by ants

one day the stumbling cry
of another wanderer
may set them alight

then warm and comforted
he will hear all night
the truth as lullaby

[第 139 页]

The apple trees are barking
the beestings on my scalp
mark the rage of the swarm
hold, my honey, your sweetness.

The sky is pressing its thumbs
into my eyes
his constellations are fleeing
hold, my honey, your sweetness.

The endless rain
desiring the mountains as sand
is preparing me for bed
hold, my honey, your sweetness.

［第 142 页］

O my beloved
how sweet it is
to go down
and bathe in the pool
before your eyes
letting you see how
my drenched linen dress
marries
the beauty of my body
Come, look at me.
（an Egyptian poet）

［第 143 页］

I bear equally with you
the black permanent separation.
Why are you crying? Rather give me your hand,

promise to come again in a dream.
You and I are a mountain of grief.
You and I will never meet on this earth.
If only you could send me at midnight
a greeting through the stars.
(Anna Akhmatova)

[第 144 页]

From where does Pain come to us?
From where does he come?
He has been the brother of our visions
from time immemorial
And the guide of our rhymes.
(Nazik al Mal'-ika)

[第 147 页]

In that town,
across the water
where all has been seen
and the bricks are cherished like sparrows,
in that town like a letter from home
read again and again in a port,

in that town with its library of tiles
and its addresses recalled by Johannes Vermeer
who died in debt,
in that town across the water
where the dead take the census
and there are no vacant rooms
for his gaze occupies them all,
where the sky is waiting
to have news of a birth,
in that town which pours from the eyes
of those who left it,
there
between two chimes of the morning,
when fish are sold in the square
and the maps on the walls
show the depth of the sea,
in that town
I am preparing for your arrival.